AF435864

Si j'étais Gentille

June Cilgrino

Si j'étais Gentille

Numéro d'ISBN : 979-10-96516-11-7
Couverture : June Cilgrino

« Dépôt légal : Avril 2021 »
Mise à jour Mars 2022

June Cilgrino

Chère Lectrice (ou peut-être Lecteur),

Te voici sur le point d'entrer dans une romance noble qui se déroule à notre époque.

Le décor ? Un magnifique pays inventé que j'imagine en Europe et qui s'appelle Eldawyne.

La nature y est très présente et la monarchie actuelle fort appréciée.

Les grandes robes côtoient les téléphones portables... Donc je t'assure, tu ne seras pas dépaysée !

Ce roman court est sans la moindre prétention ! De l'humour, de l'amour et des réflexions sur ce qui rend meilleur et surtout plus fort pour affronter les rigueurs de la vie, mais aussi savourer sans retenue ses bonheurs.

Laisse-toi glisser dans cette pause colorée et reçois par avance toute mon affection.

Chaleureusement,
June Cilgrino

« *Parfois quand on perd, on gagne.* »

Film Au-delà de nos rêves.

1.

Ce que je vois dans le miroir me laisse tous les jours sans voix. Mon corps est d'une finesse absolue, d'une grâce sans nom, je ne me lasse pas de le contempler. Il y a d'abord cette silhouette très mince, aux longs muscles fins, cette taille étroite et longue, ces jambes interminables que voile pour le moment l'épaisse robe que je porte. Il y a cette chevelure de boucles ébène, comme une longue cape noire qui ondule dans mon dos. Il y a ce visage, à la fois doux, où une fée a déposé tous les accents de la vénusté, mais aussi une joie espiègle dans ces yeux noirs brillants ou dans ce petit nez retroussé. Sans oublier mes lèvres. Une cerise gourmande enveloppée de volupté. Ma peau au teint olive est un bel hommage aux origines méditerranéennes d'une branche de la famille.

Je m'appelle Méliannile de Vilmont. Je suis l'héritière en titre du clan Vilmont, l'une des plus riches familles nobles d'Eladwyne. Enfin noble. Nous avons perdu beaucoup de ce qui faisait notre prestance ces dernières années. Mes parents s'en inquiètent, mais ce n'est pas mon cas. En fait, ils veulent me marier à un pauvret, alliance qui pourrait redorer notre image. Je trouve cela grotesque. Les Vilmont n'ont pas à s'abaisser. Je n'ai trop rien dit lorsque mes géniteurs ont exigé que je coopère parce que je sais déjà à quel point ils vont s'en mordre les doigts. Personne ne m'oblige à quoi que ce soit, ils sont les mieux placés pour le savoir. Pour avoir osé le penser, pour s'être permis d'exiger quelque chose de moi, ils vont le payer et j'en jubile d'avance.

Si l'heureux élu est mignon, cela ne me posera qu'un gentil problème. Je m'amuserai peut-être un peu avec lui. Je déteste jouer les princesses en détresse ou les péronnelles qui se plaignent et finissent par céder. J'aime plutôt jouer gentiment avec les gens. Je jouerai donc avec mes parents. Je jouerai avec ce type. Et tout se terminera comme moi je l'aurais décidé.

J'ai 24 ans. J'arrive à peine au sommet de ma beauté. Je n'ai rien contre le mariage, mais j'estime qu'il est bien trop tôt pour m'en soucier. Après tout, il paraît que la princesse d'Eladwyne pourrait refuser le trône. Si tel est le cas, il y aura peut-être un prince à séduire. Je n'ai que faire d'une ancienne illustre famille appauvrie pour sauver l'image de la mienne. Je veux et je mérite bien mieux.

— Tu t'admires encore ? me demande une voix dans mon dos.

Luke est entré par la fenêtre de ma chambre sans que je l'entende. Il s'agit d'un autre jeune noble qui vit dans l'un des manoirs alentour. Il fait quelques pas vers moi et le cadre du miroir l'enveloppe. Il est grand, beau, avec des cheveux mi-longs, style prince médiéval. Ma robe bleue, qui souligne la grâce de ma taille ultra fine et part en une mousseline vaporeuse de diamant, s'accorde très bien à son costume sombre.

— N'ai-je pas toutes les raisons de m'admirer ? je lui rétorque sans même me retourner.

Il m'entoure de ses bras.

— Si, murmure-t-il derrière mon oreille. Tu es exquise.

Il me dévore des yeux. J'adore que ce garçon magnifique soit subjugué par moi. Je me retourne et lui offre mes lèvres, comme toujours, mais rien de plus. Il a compris le deal et ne quémande pas davantage lorsque je mets fin à notre étreinte. Il se contente de soupirer.

— Il va falloir que tu cesses de t'inviter par ma fenêtre, je lui fais remarquer en m'installant devant ma coiffeuse.

— Comment ça ?

— Je suis promise désormais. Si on te voyait, ma réputation serait compromise.

— Quelle réputation ? s'étonne-t-il. Tout le monde sait que tu es une peste qui joue avec les garçons. Une peste qui promet beaucoup et donne très peu d'ailleurs...

Je lui lance ma brosse à cheveux en plein visage. Il la rattrape de justesse et me sourit, très amusé par mon courroux.

— Tu comptes vraiment te soumettre à un mariage arrangé ? demande-t-il.

Malgré son air tranquille, je décèle une certaine crainte dans sa voix.

Je saisis un peigne et le passe inutilement dans mes boucles très épaisses et brillantes.

— Bien sûr que non !

— Et si ce garçon te plaisait ?

— Tu es jaloux ? je lui demande, amusée.

Il se rengorge :

— Certainement pas d'un mendiant. Et puis, moi aussi je suis promis à quelqu'un.

— Raison de plus pour ne plus venir me voir.

— Tu vas réellement accepter de rencontrer ce minable ?

J'ai beau être dure, ou simplement réaliste, je ne suis pas idiote. Et je déteste que l'on fasse l'amalgame. La beauté ou l'intelligence n'ont rien à voir avec le compte en banque.

Je me lève et le toise :

— Il s'avère qu'il y a de très beaux spécimens parmi toutes les couches de la société. Parfois, je dirais même que la pauvreté rend, les gens plus... Je ne sais pas... Ils ont quelque chose de plus ardent.

— Donc, tu comptes lui donner sa chance ?

— Évidemment, que non !

— Et s'il te plaisait ?

— Ce serait lui, le plus à plaindre, dans ce cas, je lui fais remarquer.

***

Avec un retard étudié, je rejoins mes parents au grand salon. Nous vivons dans un immense manoir blanc, en haut de la plaine de Milléval, une cité où habitent énormément d'aristocrates. Ce soir, il ne s'agit pas d'une soirée mondaine comme toutes les autres. Il s'agit de me présenter à la famille du jeune homme qu'ils m'ont choisi. Je débarque en descendant lentement les marches du grand escalier. Ma robe éblouissante et ma chevelure de sirène font leur effet. Tous les regards se braquent sur moi. J'adore travailler mon entrée.

Je cherche des yeux celui qu'on souhaite me destiner, mais c'est ma petite sœur que je vois. Hermia m'adresse un sourire dont elle a le secret et qui a le don de transformer la moue supérieure sur mes lèvres en véritable bonheur.

Je pénètre lentement dans la salle, remplie pour l'occasion de chandeliers et de buffets couverts de nourriture. Les conversations, suspendues par mon arrivée, reprennent enfin. J'entends néanmoins un bavardage sur mes pas, comme une nuée d'abeilles qui guetteraient mes faits et gestes. J'ai l'habitude de produire cet effet.

Ma petite sœur est très différente de moi, sa peau et ses cheveux sont beaucoup plus clairs. D'ailleurs, son âme l'est aussi. Je ne sais pas comment mes parents se sont débrouillés pour pondre ce véritable petit ange en sachant qu'ils l'ont aussi mal élevée que moi. Elle porte une ravissante robe dorée qui s'associe brillamment à la douceur de ses yeux marron clair.

— Tu es sublime, me complimente-t-elle.

— Parle pour toi, je lui rétorque avec bonhomie.

Je prends d'autorité son bras, encore plus fin que le mien. Si je suis d'une santé à toute épreuve, c'est différent pour ma sœur, fragile depuis sa naissance. Ce jeu du sort ne l'a jamais rendue aigrie, bien au contraire : plus elle est faible et plus elle irradie de gentillesse. C'est peut-être la raison pour laquelle elle est mon talon d'Achille et la douceur dans mon cœur. Elle compte plus que tout au monde.

— Tu es enfin rentrée, je lui murmure à l'oreille, ravie.

Ma sœur, qui a cinq ans de moins que moi, étudie dans une grande école de la Capitale. Dire qu'elle m'a manqué serait un doux euphémisme.

— Je n'aurais manqué tes fiançailles pour rien au monde, rétorque-t-elle, amusée d'avance par mon comportement.

— Fiançailles est un grand mot, je lui murmure.

— Est-ce que tu l'as vu ? me demande-t-elle avec un grand sérieux.

— Pas encore… Mais rien ne presse, maintenant que tu es là.

Elle fronce légèrement ses beaux sourcils :

— Méliannile, s'il te plaît, ne sois pas…

— Moi-même ? je lui demande.

Elle tourne soudainement la tête, et je suis la direction de son regard.

Je vois un jeune homme qui fait à peu près ma taille, blond, aux traits plutôt harmonieux. Je ne le qualifierais cependant pas de réellement beau. Il est loin d'égaler la splendeur de Luke par exemple. L'inconnu porte un costume blanc qui se marie étonnamment à ravir avec son teint pâle et ses cheveux dorés. Il semble sérieux. Je dirais même triste. Puis, une dame âgée lui effleure le bras. Il se tourne vers elle. Et là, le visage du jeune homme s'ouvre. J'y vois une pure douceur, une générosité et une bonté qui me vrillent le cœur.

Je me fige.

Le petit problème que j'envisageais risque d'être un gros problème.

2.

Mes parents déboulent subitement dans mon champ de vision. Ma mère, avec son carré châtain impeccable et sa robe fourreau, passe une main possessive autour de ma taille et déclare avec plaisir :

— Ma chérie, je te présente Léobald de Lowyne.

Ainsi, je ne m'étais pas trompée. Mon père, un grand brun ténébreux à qui je dois mon teint légèrement mat et mes yeux d'ébène, pose une main amicale sur l'épaule de Léobald.

— Je présume que vous avez remarqué ma fille, Léobald, fait-il d'une voix ravie. Notre délicieuse Méliannile et sa petite sœur, Hermia.

Léobald plonge enfin ses yeux dans les miens. Et là, je suis surprise. Je n'y décèle aucun émoi particulier. La plupart des jeunes hommes, qui me voient pour la première fois, pataugent ou font le paon. Léobald m'accorde un sourire gracieux sans perdre ses moyens.

— Bien sûr, dit-il.

Il saisit ma main avec une telle douceur que je sens à peine ses doigts. Il effleure ma peau de ses lèvres pendant une seconde comme le veut la coutume, et se tourne vers mon père.

— Je vous remercie pour votre accueil, votre famille semble charmante.

Je suis consternée. Je reste là, sans un mot, la main encore brûlante, ignorant qu'il était encore possible de me troubler à ce point. J'ai beaucoup de mal à saisir l'expression de ce garçon. Il est poli, paisible et souriant, pourtant... je sens une sorte... d'indifférence. C'est ça, une véritable *indifférence* à mon égard.

Cela ne se peut.

Notre invité discute déjà avec mon père et je ne souffre pas d'être reléguée au second plan. C'est quelque chose qui n'arrive jamais. Je daigne rarement me mêler aux soirées de mes parents, ma présence est toujours le centre de toutes les attentions.

Je sens le regard d'Hermia sur moi, qui n'a rien perdu de mon désarroi. Je m'approche de Léobald.

— Puis-je vous parler quelques minutes ? je lui demande d'un ton légèrement impérieux.

Il se détache poliment de mon père et accepte d'un signe de tête.

Je l'entraîne vers le balcon en réalisant que je ne sais même pas ce que je vais lui dire. D'habitude, mon charisme naturel prend toujours le relais. Il ne fait qu'un avec la superbe créature que je suis. L'air frais me fait un peu de bien.

Je me retourne vers mon invité. Son visage s'est totalement illuminé.

— C'est incroyable, murmure-t-il.

Sûrement s'étonne-t-il de ce que la lumière du jour me rend encore plus belle et fait étinceler mes yeux comme ma robe. Mieux vaut tard que jamais !

Il s'avance et je réalise que c'est le spectacle derrière moi qui l'ébahit. C'est le coucher du soleil. Les rayons bas en viennent presque à teindre sa chevelure en roux, ses yeux bleus crépitent et je suis hébétée d'être capable de remarquer tous ces détails jusqu'à en oublier ma propre personne. Ce qui n'arrive, pour ainsi dire, jamais !

— La vue d'ici est incroyable, commente Léobald en s'appuyant sur la rambarde du balcon.

— Toutes les vues de notre maison sont incroyables, je le corrige.

Nous vivons en effet en haut d'une colline, couverte de prairie, de champs, de forêts, illuminée par un bras d'eau qui serpente jusqu'aux bois et ponctuée par les autres manoirs des richissimes habitants. J'ai grandi avec cette vue. Le grandiose fait partie de moi. Je suis moi-même grandiose.

— Ce coucher de soleil est d'une beauté indescriptible, vous ne trouvez pas ? s'extasie Léobald.

— Est-ce pour la vue que vous êtes ici ? je lui fais remarquer, laissant percer mon agacement.

Il se tourne lentement vers moi et après une inspiration, m'annonce d'une voix tranquille :

— Pardonnez-moi, vous souhaitiez me parler de quelque chose en particulier ?

Dans ses yeux très clairs se reflète tout le paysage chatoyant qu'il admirait jusqu'alors. Je suis un peu hébétée.

— Je... heu...

Mais que m'arrive-t-il ? Je ne sais plus prononcer un mot.

Léobald m'adresse un sourire sympathique et déclare avec douceur :

— Méliannile, nous aurons toute une vie pour apprendre à nous connaître, alors prenons notre temps, voulez-vous ?

Sur ce, il m'accorde une légère révérence, très respectueuse, et entre à nouveau dans le manoir.

Je reste là, seule, sur le balcon.

Au bout d'un moment, la froideur du soir me réveille. Je rentre dans le grand salon où les chandelles s'avèrent plus utiles que jamais. Les convives sont plus joyeux. Mes parents discutent avec la famille de Léobald.

Je me dirige vers un buffet situé dans un renfoncement et me sers une coupe de champagne. Je la bois presque d'un trait. Puis j'en saisis une autre et décide de m'éloigner pour la savourer. Je traverse le couloir qui mène par de jolies arcades antiques aux jardins. Je m'appuie contre un mur et laisse le délicieux liquide, piquant de froideur, me remplir la gorge et m'embrumer le cerveau. J'aurais dû prévoir un autre verre.

J'entends soudainement que deux personnes se trouvent dans le jardin, juste derrière la colonne sur laquelle je me suis appuyée. Je jette un œil et reconnais Léobald, lui-même occupé à boire du bout des lèvres le contenu d'une petite flûte. À côté de lui, se tient un jeune homme de la haute qui m'est inconnu. Sûrement un ami. Je songe à partir lorsque j'entends leur conversation.

— Alors, tu lui as parlé ? lui demande l'inconnu.

— Oui, rétorque Léobald, visiblement peu bavard.

— Comment c'était ? insiste son comparse.

— Elle semble être comme on me l'avait décrite.

— C'est-à-dire ?

Léobald soupire :

— Je n'aime pas juger les gens trop vite, mais j'avoue qu'elle m'a simplement paru égoïste et vide.

Son ami s'esclaffe.

— Tu es sérieux ? Tu as des yeux, non ? Tu n'as pas vu à quel point elle est canon ?

Un point pour lui. Je serre ma flûte à la briser en attendant la réponse du Léobald.

— Oui, c'est vrai, elle est très belle.

Mon cœur bat la chamade, comme une collégienne. Je me ficherais des claques.

Son ami semble être agacé et, à juste titre, il poursuit :

— Tu vas te marier avec la plus belle fille de la région, peut-être même d'Eladwyne. Sans compter que c'est la plus riche ! Et t'as simplement l'air déprimé !

— La beauté, ça ne dure pas, tranche Léobald d'une voix sinistre. Le mariage, lui, c'est pour la vie...

Sa tristesse réduit mes espoirs à néant. Il pose sa coupe sur une desserte tout près. Je me tasse sur moi-même en espérant qu'il ne me voie pas. Puis je l'entends qui s'éloigne seul dans le jardin. Son ami soupire et finit par se rendre vers le buffet le plus proche.

J'attends que l'un comme l'autre soient suffisamment loin pour quitter ma cachette. Je suis totalement déconfite par la réaction de Léobald. Contrairement à moi, qui m'étais juré de faire capoter ce mariage, peu importe à quoi ressemblerait cet heureux élu, le jeune homme s'est fait une raison immédiatement. Il accepte cette union. Mais il l'envisage uniquement par devoir. Il ne m'aimera jamais.

3.

— Ne me dis pas que tu as la gueule de bois ?

Je gémis et remets les couvertures sur ma tête. Ma petite sœur, qui vient de me réveiller avec grand fracas, éclate de rire. Je commence à regretter sérieusement qu'elle ne soit pas restée plus longtemps dans son monde d'intellos.

— Laisse-moi !

— Il faut que tu m'expliques ce qui s'est passé hier ! insiste-t-elle tout excitée. Tu as disparu avec Léobald. Je dois savoir !

— Crois-moi, ça ne vaut pas la peine, je marmonne.

— C'est lui qui t'a fait boire ?

Comme il n'y a aucune chance qu'elle me lâche et que je n'ai absolument rien à lui cacher, je décide de la contenter. Je me redresse, m'appuie sur les oreillers tandis qu'elle s'installe à mes côtés, tout sourire. Contrairement à moi qui me sens lourde et déprimée, Hermia est fraîche comme une rose dans son pyjama bleu.

Je lui raconte d'un ton morne le court échange que j'ai eu avec Léobald, la veille. Et surtout celui que j'ai surpris ensuite. Elle écarquille les yeux.

— Toi, égoïste et vide ? Ce type ne te connaît pas du tout !

— Apparemment, c'est la réputation que j'ai.

— Pour égoïste, dans certains cas, ça se vérifie, concède-t-elle. Mais tu n'as rien de « vide », tu es tout le contraire.

Je lui jette un regard un peu noir.

— De toute façon, ça n'a pas d'importance, je me renfrogne. Ce mec peut toujours courir pour m'épouser !

Hermia s'assoit en tailleur face à moi avec un grand sourire.

— Ce jour est enfin arrivé ! s'exclame-t-elle.

— Quel jour ?

— Le jour où un garçon te plaît, enfin !

Je croise les bras et proteste :

— N'importe quoi !

C'est tout juste si elle n'applaudit pas. Je lui ficherais des claques !

— J'étais là, je l'ai vu, tu étais toute chose devant lui ! Et ta réaction maintenant, je suis ravie pour toi !

— Des tas de mecs m'ont déjà plu avant lui !

— Oh oui bien sûr, ironise-t-elle. Ils t'ont plu cinq minutes, tout compris. Le temps qu'il te faut pour les remarquer, les mettre à tes pieds et te lasser d'eux.

— J'ai eu plusieurs petits amis ! je me justifie comme une idiote.

— Ta plus longue relation a duré deux semaines, Méliannile !

Je ronchonne avant d'ajouter fièrement :

— Tu oublies Luke !

— Évidemment, Luke..., soupire-t-elle. Tu oserais me dire que Luke et toi êtes ensemble et entretenez une vraie relation ?

— Je... heu...

— On dirait que tu bégayes comme devant Léobald, dis donc ! me taquine-t-elle.

Je lui envoie un oreiller dans la figure.

— Tu veux savoir ce qui t'arrive, Méliannile ? jubile-t-elle.

— Non !

— C'est la première fois qu'un garçon ne succombe pas à tes charmes. Léobald t'a blessée dans ton orgueil et ça te fait super mal car il t'a plu instantanément !

J'ai envie de me rebeller mais je ne suis pas du genre à cacher mes faiblesses, tout bonnement car j'en ai très peu. Et lorsque j'en décèle, je considère que je ne mettrai pas longtemps à les dépasser. Aussi je regarde ma sœur avec curiosité :

— C'est vrai, c'est bien la première fois que j'éprouve ça... Qu'est-ce que tu me conseilles ?

— Montre-lui qui tu es. Montre-lui que tu es tout sauf vide !

Un sourire se trace sur mon visage.

— Oui, ça, je peux…

***

Je suis au troisième étage du manoir. Dans la salle de musique. Une immense baie vitrée derrière moi éclaire naturellement toute la pièce. Elle offre une vue imprenable sur la campagne, des kilomètres de vallée verdoyante, et, en contrebas, le grand lac de notre parc.

Je porte une robe émeraude. Des milliers de diamants étincelants ont été piquetés dans ses diverses couches de voiles. Le tissu scintillant repose délicatement sur le sol, s'enroule presque autour des pieds de mon tabouret.

Je suis assise face au piano blanc. Dans ce silence lumineux, cette pièce vaste au plafond haut, chaque touche de l'instrument donne un son unique.

Ma sœur est bien meilleure que moi dans ce domaine. Je n'ai jamais eu la patience de supporter tous les cours qui auraient pu faire de moi un prodige. Je trichais toujours en m'entraînant sur des morceaux qui n'étaient pas de mon niveau. Cela dit, il y a une partition que je connais par cœur. Une musique que je pourrais jouer les yeux fermés.

On l'appelle la berceuse d'Adélia – la princesse d'Eladwyne. C'est une partition assez difficile que j'ai tant répétée, avec tant de passion et d'acharnement, qu'elle est devenue mienne. Un professionnel détecterait sans peine que je manque de technique sur certains accords et que j'ai facilité beaucoup d'arrangements. Mais une oreille non avertie n'y verrait que du feu.

Lorsque je joue ce morceau, je suis totalement transcendée. La musique prend possession de moi, me dévore l'âme et se déverse comme une rivière de notes sous mes doigts dont je perds le contrôle. Mes yeux se ferment, et je sens ce délice extrême que tout passionné éprouve lorsqu'il s'oublie pour laisser l'art prendre le contrôle. Ces moments de grâce sont un bienfait pour l'âme. Ils nettoient en profondeur les plus sombres recoins du cœur. Je joue ici, lorsque mes autres passions ne parviennent pas à exprimer les émotions difficiles qui parfois m'étreignent. Ou simplement, lorsque j'ai envie de me sentir flotter.

Dans ces cas-là, la vitre n'existe plus ; le ciel, le lac plus bas, et le sol sous mes pieds n'existent plus. Il y a quelque chose d'aérien dans cette poignante berceuse qui me fait voler et traverser la matière. Mais le thème est aussi assez sombre. Fort. Puissant. Il commence doucement, de manière angélique, puis devient pesant, agressif et doux à la fois, exprimant toute une palette d'émotions que les mots ne pourraient pas aussi bien traduire que les notes.

J'aborde ce passage lorsque Léobald entre dans la pièce. Comme convenu, un serviteur l'a conduit jusqu'ici. Il a forcément dû entendre le début, à mesure qu'il gravissait les marches de l'escalier. Comme la rumeur lointaine d'une multitude de fées aux ailes serties de grelots.

Mon fiancé s'est arrêté sur le seuil de la porte, sûrement saisi par ce son pur qui s'envole et remplit la pièce, à la fois inaccessible et capable de gagner les tripes. C'est un morceau que j'adore véritablement parce qu'il forme un tout si délicieux que l'on ne peut que se sentir comblé de l'avoir joué ou entendu.

La musique s'égrène et je suis fière de ma performance. Mes doigts sont agiles et rapides, mes mains sont pleines de grâce et mes bras détendus.

L'envolée finale s'évanouit avec un goût d'infini et de majestueux. J'écarte doucement mes mains de l'instrument, mais la musique résonne encore quelque part, dans mon cœur, autour de nous. Je n'ouvre les yeux qu'après l'avoir sentie s'évaporer suffisamment pour revenir à moi.

Je me tourne vers Léobald avec assurance. Après cela, il est impossible qu'il me trouve « vide ».

Le jeune homme est statufié. Il a les yeux braqués sur moi, plus brillants que d'ordinaire. Il est ému et cela le rend très beau. J'en suis moi-même consternée.

J'ai clairement fait cela pour qu'il se répande en compliments. Pour faire éclater à ses yeux celle que je suis et qui mérite, au lieu de son mépris, toute son adoration. Toutefois, la beauté qu'a réveillé ce moment de grâce sur son visage me laisse sans mots. Il s'approche de moi et me regarde avec une vraie et pure gentillesse qui me fend le cœur comme la veille. Il se penche et attrape l'une de mes mains comme s'il voulait apprivoiser un oiseau rare infiniment fragile.

Il l'effleure du bout des lèvres en me regardant toujours.

— Merci pour ce cadeau sans pareil et si peu mérité, me dit-il avec douceur.

Je me lève, guidée par sa main et son regard.

— J'aimerais vous demander pardon pour hier, ajoute-t-il aussitôt. Je me suis mal comporté.

Ses yeux bleus éblouissants sont encore humides. Je l'ai touché encore plus que ce que j'espérais. Je commence à m'en réjouir.

— Je ne vous ai même pas laissé le temps de me parler sur la terrasse, fait-il sombrement. J'en suis vraiment désolé. J'espère que vous ne m'en tiendrez pas rigueur.

— Non, bien sûr, je lui rétorque, ravie.

Un sourire réchauffe son visage ainsi que son regard.

— Merci, répond-il. À vrai dire, c'était un jour très compliqué pour moi. Je venais d'apprendre le décès de mon oncle. Non pas que ça m'excuse, mais j'étais un peu bouleversé.

Ma joie retombe un peu. Il est toujours chamboulé et ça n'est pas vraiment mon morceau ou ma personne qui en sont à l'origine, mais tout simplement la perte de son proche.

— C'est pourquoi je suis venu immédiatement quand j'ai reçu votre invitation aujourd'hui, continue-t-il. Cependant, il va me falloir repartir. J'ai promis d'aider pour les préparatifs de l'enterrement et je me dois d'être présent pour mes cousins et le reste de ma famille. Nous sommes tous très choqués.

— Je... je suis vraiment désolée...

— Vous n'y êtes pour rien et c'est moi qui suis vraiment ennuyé de devoir vous fausser compagnie si vite.

— Non, bien sûr, je comprends.

Il me sourit encore, embrasse à nouveau ma main et prend congé sans demander son reste.

Je reste dans mon éblouissante robe sur laquelle les rayons du soleil se déversent dans une orgie de scintillements. Et je me sens idiote. J'ai tout simplement dû paraître superficielle au possible, en lui offrant cette mise en scène, alors que la mort vient de frapper à sa porte.

4.

— Tu n'es pas à l'enterrement ? demande ma petite sœur.

Habillée en leggins et brassière sportive, je suis en plein entraînement dans ma salle de gym personnelle. Mes muscles sont chauds et je me sens au meilleur de ma forme. Je me tourne vers Hermia.

— Quel enterrement ?

— Eh bien, celui de l'oncle de Léobald !

— Qu'est-ce que j'irais faire là-bas ? je lui demande en m'étirant.

— Je n'en sais rien ! Le soutenir, peut-être ? suggère Hermia, un brin ironique.

La salle dans laquelle nous nous trouvons est très large, les murs sont habillés de miroirs, le sol de tapis. Je cours et enchaîne plusieurs saltos. Ce genre de moment, où mon corps est tendu comme un arc et en même temps, souple et frais comme une feuille, est un délice.

Je reviens vers ma sœur. J'ai coiffé ma tignasse sombre en une longue queue haute mais quelques mèches s'en sont échappées au grè de mes mouvements. Je les rajuste derrière mes oreilles avant de m'exclamer :

— Je n'ai aucune envie que Léobald m'associe à la mort de son oncle !

— Et qu'il t'associe à un quelconque réconfort émotionnel ? propose Hermia. Tu veux qu'il te tombe dans les bras, oui ou non ? Ce type est clairement sensible, ta présence aurait pu le toucher.

— Tu voudrais quoi ? Que je devienne « *gentille* » pour lui ? j'ironise avec un certain dégoût.

Elle hausse les épaules.

— Moi je ne veux rien, c'est toi qui le veux !

— Je pense avoir assez rampé à ses pieds.

— Très bien, fais ce que tu veux, c'est ton fiancé après tout, conclut-elle en se dirigeant vers la porte.

— Justement, ce n'est pas encore officiel.

Elle se retourne de trois quarts. J'aime la silhouette de ma sœur. Elle n'est pas aussi fine et grande que moi, pas aussi musclée, puissante et racée. Bref, elle n'est pas aussi belle que moi, c'est clair. Mais tout en elle est douceur. Comme ses cheveux châtains qui tombent en boucles nébuleuses autour de son visage un peu rond. Je sais qu'une telle douceur, couplée à tant d'intelligence, peut déchaîner les passions. Peut-être devrais-je prendre exemple sur elle, après tout.

Quoi qu'il en soit, elle est très surprise par le fait que je vienne de suggérer que mon alliance avec Léobald n'est pas gravée dans le marbre.

— Comment ça, tu ne comptes plus l'épouser ? me demande-t-elle.

Je rajoute un peu de magnésie sur mes mains, histoire de pouvoir m'attaquer aux barres transversales paisiblement.

— J'aimerais qu'il sente que rien n'est fait, peut-être que ça le fera réagir !

— Tu comptes lui en mettre plein la vue avec un enchaînement de gym ? demande-t-elle un peu inquiète en observant la pièce dans laquelle nous nous trouvons.

Je secoue la tête.

— Si le piano n'a pas marché, je doute que le sport le fasse.

Puis j'ajoute avec un sourire :

— Il est sensible, tu as raison. Par conséquent, notre prochain rendez-vous se fera dans la nature.

Hermia m'adresse un sourire soulagé, moi un clin d'œil. Je ne vais pas lâcher l'affaire si facilement, et peut-être vais-je enfin réussir à jouer avec les codes de mon « fiancé » sans pour autant tricher sur celle que je suis.

Les terres de ma famille sont immenses. La chance nous a toujours souri, tout comme le soleil puisque nous vivons au sud d'Eladwyne. J'ai attendu une semaine avant de convier Léobald à me rejoindre. Je ne regrette pas mon choix.

Nous traversons paisiblement la campagne à cheval. Le jeune homme semble ravi de savourer cette parenthèse à mes côtés. Je n'ai pas oublié que le coucher du soleil l'intéressait plus que moi le soir où nous nous sommes rencontrés. De ce fait, j'ai parié à raison sur les magnifiques vallées qui offrent un spectacle vivifiant. Je n'ai pas pour autant omis d'enfiler ma plus belle tenue de cavalière. Elle moule mon buste et mes jambes interminables avec grâce. Le visage de Léobald semble apaisé. J'aime le considérer tandis que nous parlons de la campagne qui s'éveille à ce printemps délicieusement tiède.

À la lumière du jour, le teint du jeune homme est éclatant. Je sais que sa blondeur et son air angélique tranchent littéralement avec mes cheveux de jais et ma peau mate. Nous décidons de nous arrêter près d'un cours d'eau et, galant, mon fiancé m'aide à descendre. Je le laisse faire, rien que pour jauger de sa robustesse et apprécier le contact de ses mains sur ma taille. Il me soulève comme un rien. Même si je suis clairement la puissance ténébreuse de notre couple, la force rassurante qu'il dégage me fait me sentir femme d'une manière inédite. Ce n'est pas comme avec Luke ou tous ces autres garçons que j'ai menés à la baguette. Léobald a une telle douceur dans sa manière de me traiter, associée à un tel respect, que cela me donne le sentiment d'être précieuse, et en même temps, digne d'être considérée sans que mon genre soit pris en compte.

Nous nous promenons au bord de l'eau. Cette fois, l'ombre de l'oncle décédé semble enfin cesser de peser sur nos échanges. Et c'est un soulagement !

— Vos terres sont magnifiques, admire Léobald en promenant son regard autour de nous.

Je joue la carte de la sincérité qu'il fait ressortir chez moi et j'ajoute :

— Mon enfance l'a été ! Je jouais souvent jusqu'au moulin que tu vois là-bas...

Léobald m'accorde un regard dans lequel je décèle une légèreté, une joie et une surprise que je ne lui avais encore jamais vues. Je lui demande donc :

— Qu'est-ce que j'ai dit ?

— On dirait qu'on se tutoie, maintenant, me fait-il remarquer.

Je ne m'en étais pas rendu compte mais je suis stupidement heureuse d'avoir marqué des points. D'habitude, je le fais en consentant simplement à poser les yeux sur un homme, et encore... Mais Léobald présente l'avantage d'être une sorte de défi pour moi.

— Tu préfères que l'on se vouvoie ? je poursuis avec une innocence étudiée.

— Non, j'apprécie que tu sois naturelle.

Et je dois avouer que mon sourire l'est. J'aime quand il me regarde de cette manière, comme s'il me découvrait. Pour ne pas perdre cette ambiance joyeuse, j'en profite pour lui demander :

— Et toi, parle-moi de ton enfance ?

— Moi aussi j'adorais jouer dans la campagne, explique-t-il, enthousiaste. Nous avons un gros muret qui entoure notre parc, comme le tien d'ailleurs. Le jeu avec mes frères était de sauter par-dessus.

— Exactement comme nous !

Nous rions tous les deux.

— Celui chez mon oncle est beaucoup plus grand, ajoute-t-il. C'était encore mieux !

Son visage perd de sa joie. Eh oui, le fameux oncle vient encore tout gâcher. Je réprime mon agacement et songe avec intelligence à ce que me conseillerait ma sœur. Je laisse un silence planer puis je demande :

— Il te manque, n'est-ce pas ?

Cet effort de considération pour ses sentiments, c'est tout nouveau pour moi et ça m'ennuie. Le fait est que j'aime tellement sa compagnie que même cette partie de la conversation me semble supportable.

— Oui, avoue-t-il avec tristesse.

— Est-ce que je peux me permettre de te demander comment il est mort ?

— C'était un suicide…

— Oh.

Et là, je ne trouve rien à dire. Je ne suis franchement pas douée pour ce genre de chose. Je regrette d'avoir voulu imiter ma sœur, c'est comme se jeter dans le grand bain sans savoir nager.

— Je suis désolée, il était dépressif ? j'ose maladroitement.

Léobald prend une grande inspiration. La joie a quitté son visage.

— Il n'a pas supporté toutes les dettes qu'il avait, répond-il simplement.

Cela jette un froid. Je ne trouve rien à dire à cela.

Comme nous arrivons près du moulin, je propose :

— Tu veux voir l'intérieur ?

La vieille bâtisse est abandonnée et commence à crouler. Mais nous l'avons gardée, parce que c'est une agréable décoration rustique.

— Avec plaisir, répond Léobald.

Malgré ses efforts, je sens qu'il a perdu son allant. Ce fichu oncle a bien choisi son moment pour se suicider !

Nous ne nous attardons pas beaucoup. Lorsque nous remontons en selle, je décide de proposer un galop, histoire de rire et de nous détendre.

Léobald me suit, même s'il n'est pas un cavalier aussi émérite que moi. Je vois qu'il commence à se décrisper et je m'efforce de galoper à son rythme pour qu'il se sente à l'aise. Mais cela ne semble pas fonctionner. Le jeune homme se met à ralentir et la tragédie se produit : il est projeté hors de sa monture et atterrit lourdement sur le sol.

Je stoppe immédiatement mon cheval et cours vers lui.

Léobald s'assoit par terre et se met à pouffer, surpris de s'être retrouvé à terre si rapidement. Je jette un œil à son cheval et vois immédiatement ce qui n'aurait jamais dû se produire.

— Ta selle a été mal sanglée ! je m'exclame.

Je suis littéralement en rage.

— Est-ce que ça va ? j'ajoute en m'approchant. Tu peux bouger ?

— Oui, bien sûr, me confirme Léobald en souriant. Plus de peur que de mal !

— Tu plaisantes, cette chute aurait pu te tuer ! Et c'est ce que je vais faire au crétin qui n'a pas su faire son travail !

— Je ne suis pas très bon cavalier, c'est de ma faute.

Je lui montre la selle qui pend sur le flanc du pauvre cheval.

— Mais regarde ça ! Tu aurais pu mourir !

Je suis dans tous mes états.

— Rentrons, je vais virer cet imbécile ! je m'exclame.

Léobald se redresse et me rejoint rapidement en boitant un peu.

— Méliannile, je vais bien !

— Non, tu ne vas pas bien ! je réponds, furibonde. Un attentat n'aurait pas été mieux orchestré !

Il essaye d'attraper ma main avec douceur.

— Tu comptes vraiment virer le type qui a sanglé ma selle ?

— Évidemment ! je lui réponds, outrée. Tu voudrais que je le félicite peut-être ?

— Un bon savon suffirait, tempère-t-il. Peut-être même un autre poste.

— Pour qu'il essaye encore de tuer nos invités ?

— Cet homme a peut-être une famille à nourrir, plaide Léobald. Se faire renvoyer par une famille telle que vous, ce serait un suicide professionnel !

— Le suicide professionnel, c'était quand il a failli te tuer !

J'avance, mais je sens que Léobald ne me suit plus.

— Tu veux que j'aille chercher une voiture ? je propose, inquiète pour son dos.

— Je crois qu'il vaut mieux qu'on arrête tout ça, fait-il simplement.

— Quoi ?

Je m'approche, étonnée.

— Arrêter quoi ?

Il relève ses yeux très clairs vers moi.

— Nous allons nous fiancer officiellement dans deux semaines, répond-il, pragmatique, et nous nous marierons dans six mois. Peut-être serait-il judicieux de nous voir uniquement à ces moments-là ?

— Tu es sérieux ? je m'étonne, choquée.

— On n'a pas besoin d'essayer de s'entendre à tout prix, toi et moi.

Je suis mouchée par ce raisonnement.

— Ce mariage va profiter à nos deux familles et c'est le plus important, dit-il très calmement.

Je me sens mal. Il me faut un moment pour réaliser que j'ai envie de pleurer. Cela n'arrive pratiquement jamais. Je me rends compte que tous mes efforts n'ont jamais joué en ma faveur. Léobald a seulement fait semblant pour me ménager. Son opinion sur moi était faite avant même que nous nous rencontrions.

— Comment peux-tu envisager un mariage aussi triste ? je lui demande.

Il aimerait sourire mais je vois qu'il n'y parvient pas. Les chevaux hennissent tout près de nous. Cependant, bien éduqués comme ils le sont, ils ne bougent pas.

Léobald a cessé de se tenir le dos et se tient bien droit devant moi. Pourtant, il ne parvient pas à répondre. Alors, je reprends avec indignation :

— En fait, votre clan est tellement endetté que tu redoutes d'autres suicides, n'est-ce pas ?

M'épouser, c'est juste une question de vie ou de mort… Je n'ai aucune autre espèce d'importance que d'apporter une grosse somme d'argent pour sauver les tiens !

Je me recule, écœurée.

Léobald s'avance vers moi.

— Méliannile, désolé, j'ai beaucoup de respect pour toi, mais je pensais qu'on était d'accord sur ce point. Ta famille va profiter de notre nom et nous, de votre aisance matérielle. C'est bénéfique pour tous.

— Mais pas pour moi ! je m'exclame avec un sanglot dans la gorge. Je n'ai aucune envie de me marier avec quelqu'un qui me *déteste* !

Je me détourne pour qu'il ne voie pas mon émoi. Je ne supporte pas d'être aussi sensible. Ce type a le don de me pousser dans des extrêmes émotionnels. Rien que pour cela, je devrais le rayer de ma vie. Il me contourne pour me faire face à nouveau mais je prends soin de ne pas le regarder. Il doit angoisser à l'idée de perdre le lingot d'or que je représente à ses yeux.

— Je n'ai jamais dit que je te détestais ! s'exclame-t-il.

Je relève les yeux vers lui et lui lance avec vigueur :

— Bien sûr que si, j'étais là, j'ai tout entendu !

Je lui raconte la conversation que j'ai surprise, le soir de notre rencontre, avec son ami. À mesure que je progresse dans mon récit, Léobald ferme les yeux et secoue la tête avec remords.

— Pardonne-moi, Méliannile, finit-il par dire. J'ai été odieux et stupide. Tu n'aurais jamais dû entendre ça, tout simplement parce que je n'étais pas moi-même, ce soir-là.

Il saisit doucement mes poignets.

— Écoute-moi, s'il te plaît.

Ses yeux clairs cherchent les miens et j'ai beaucoup de mal à lui résister.

— Ce que je voulais dire, c'est que peu importe qu'on s'entende ou non avant notre mariage, ce que je ressens pour toi ne changera pas la manière dont je me comporterai. Je compte faire mon maximum pour que tu te sentes bien, en confiance, en sécurité. Je te respecterai. Je prendrai toujours ton opinion en compte.

Je réponds froidement en prononçant la réalité qui m'est tombée dessus à l'instant :

— Mais tu ne me donneras jamais ton cœur.

— Je ferai mon maximum pour te le donner, avance-t-il avec un embarras évident car j'ai fait mouche.

— Et si tu n'y arrivais jamais ? je lui demande en levant les yeux vers lui.

Il pousse un long soupir.

— Tu auras toujours droit à mon respect et à ma tendresse. Certains mariages heureux ont démarré avec moins que cela.

— Et si moi, j'ai envie d'un mari qui m'aime vraiment, un mari amoureux de moi ?

Il passe sa main dans ses cheveux comme s'il se cherchait le temps d'une répartie ou la capacité d'éprouver quelque chose pour moi.

— Ce serait normal. Je n'ai pas le droit de te condamner à attendre quelque chose qui n'arrivera pas.

— En me disant tout ça, tu prends un risque énorme.

— Je sais que je risque de perdre cette alliance vitale pour ma famille en te parlant de cette manière. Mais, au moins, tu as la preuve que je serai toujours honnête envers toi, fait-il.

— Ça a au moins le mérite d'être courageux.

— Je suis un homme de parole, Méliannile, s'empresse-t-il d'ajouter. Il est vrai que tu es très belle. Voyant cela, n'importe quel homme pourrait prétendre t'aimer passionnément mais, quelques années plus tard, te décevoir et te mépriser. Ma promesse est juste un peu plus originale. Je te promets ce qui survit rarement à la passion : je te promets une entente paisible pour toujours.

C'est vrai que son plaidoyer est convaincant mais je suis un peu perdue. Entre tristesse, colère et désarroi. Alors, parce que ses grands yeux bleus débordent de gentillesse, je réponds :

— Je vais y réfléchir.

5.

Le lendemain, je trouve ma sœur dans le jardin médicinal. Elle y bouquine tranquillement. La veille, je lui ai raconté mon désastreux rendez-vous et je me suis endormie sans demander mon reste.

Ce matin, j'éprouve une sorte de colère qui m'offre une énergie toute nouvelle.

Léobald tient à notre alliance, la survie de sa famille en dépend. Mais il est trop honnête pour être capable de me mentir sur ses sentiments. Ce qui ne réussit qu'à me le faire désirer davantage. Je n'ai jamais rencontré quelqu'un comme lui. Et je ne sais pas comment faire en sorte qu'il tombe amoureux de moi. Toutes mes tentatives jusqu'à maintenant ont été des échecs cuisants. Et cela me rend folle.

— Il faut que tu m'apprennes à être gentille, je demande à ma petite sœur.

Hermia éclate de rire avant de retrouver son calme.

— Ah, tu étais sérieuse ?

Je m'installe sur une chaise de jardin qui se trouve juste en face d'elle.

— Oui, parfaitement.

Elle referme son livre et s'assoit en tailleur sur le banc où elle se tient.

— Tu serais prête à essayer de changer pour plaire à ce type ? s'étonne-t-elle.

Je me rengorge :

— Il me voit comme une vache à lait et ne se gêne même pas pour me le dire. Alors je suis plus que jamais déterminée à tout tenter pour qu'il tombe amoureux de moi. Parce qu'une fois que ce sera le cas... je piétinerai son cœur !

J'ai un sourire mauvais et j'ajoute :

— Voilà pourquoi j'ai besoin d'apprendre à être gentille, au moins pendant un temps.

Ma sœur a haussé ses sourcils depuis que j'ai parlé de piétiner le cœur du jeune homme.

— Oh là là... on part de loin, de très très loin, soupire-t-elle. J'aimerais comprendre pourquoi tu veux te venger comme ça ?

Je hausse les épaules :

— Il m'a assez prise pour une idiote, non ?

— Très bien, et tu comptes t'y prendre comment pour piétiner son cœur ?

— J'annulerai ce mariage quand il l'aura enfin désiré du plus profond de lui-même, et pas seulement pour sauver sa famille de dépressifs fauchés !

Elle se racle la gorge.

— Quand je disais qu'on partait de loin... Bref, tu es consciente que si tu mets ce plan à exécution, ce sont nos parents qui te détesteront ?

— Qu'importe ! Ils sont comme lui. Ils veulent juste se servir de moi.

— Ils pourraient te déshériter !

— Ce sera l'occasion pour moi de participer aux JO. Je gagnerai forcément la médaille d'or. Je deviendrai célèbre en plus d'être riche, ce qui m'a toujours un peu tentée.

Hermia ouvre la bouche et la referme avant de soupirer :

— Le pire, c'est que tu as tellement confiance en toi que tu pourrais y arriver !

— Évidemment ! Maintenant, apprends-moi comment faire la gentille !

— Pourquoi penses-tu que je m'y connais en la matière ?

— Je n'en sais rien... Tu dis « *merci* » et tous ces trucs-là, je réponds avec un geste évasif.

Elle en fait tomber son livre.

— *Tous ces trucs-là* ? Tu crois que dire merci suffit pour être une personne gentille ? Mélia, sérieux, tu peux mieux faire.

— Très bien, tu te soucies des gens. Tu me demandes de te raconter ma vie et tu devines mes émotions. J'aimerais savoir faire ça !

— Alors, fais-le !

— Comment ça ?

— Eh bien, vas-y, demande-moi comment je vais... ce que je fais.

— Non. Je n'ai pas envie de demander.

— Pourquoi ?

— Parce que je sais. Tu vas à cette grande école d'art où tu excelles véritablement dans tous les domaines. Mais où cette pimbêche de Lila Dornajil ne cesse de te chercher des noises. Navrée, mais je ne supporte pas de te demander parce que je déteste entendre parler de cette fille !

Ma sœur explose de rire. Je poursuis :

— Tu m'as formellement interdit de brûler sa voiture ou de lui refaire le portrait. Alors me sentir aussi impuissante, quand je t'entends parler d'elle, est insupportable pour moi.

— Je ne fais pas que parler d'elle ! se défend-elle.

— Oh si, crois-moi !

— Alors c'est pour ça que tu changes toujours de sujet dès que je parle de mon école ?

— Oui, j'avoue.

— Il ne t'est pas venu à l'idée que j'avais pu mûrir voire même me rebeller contre cette fille ?

— C'est le cas ? Tu lui as fichu ton poing dans la tronche ? je demande tout excitée.

— Non, faut pas rêver..., répond ma sœur. Mais si c'était arrivé, je n'aurais jamais eu l'occasion de te le dire, vu que tu évites le sujet.

— Hum...

J'attrape une feuille de menthe située sur le parterre qui nous entoure et qui sent divinement bon. Ma sœur reprend :

— Tu sais, Mélia, être gentil, je pense que c'est être capable de supporter que quelqu'un ait besoin de parler même quand le sujet ne nous intéresse pas.

— Mouais, c'est mon point faible, j'avoue, je rétorque en songeant que je n'ai aucune envie que Léobald parle de son oncle décédé.

— Mais pas que ça..., continue Hermia. Être gentil, c'est aussi être capable de dire à quelqu'un qu'il tourne en rond. Mélia, tu pouvais me le dire que tu en avais marre que je parle de cette fille, qu'il était temps que je grandisse et que je l'affronte ou que je passe à autre chose.

Je la regarde avec intérêt.

— Tu crois que j'aurais dû te le dire ?

— Oui, je le pense. Ça aurait été plus honnête que d'éviter le sujet.

Je mâchonne ma feuille de menthe en réfléchissant à notre conversation.

— Et maintenant, on s'est bien amusées, mais c'est à moi d'être très honnête, reprend Hermia. Pourquoi tu me demandes de t'enseigner à te soucier des gens, alors que, clairement, tu t'es toujours souciée de moi ?

— C'est différent, toi, tu es ma sœur, je lance.

— Et alors ?

— Et alors, je t'aime ! je m'exclame comme si c'était une évidence.

— Mélia, tu crois que les gens méchants sont capables d'aimer de cette manière ?

Je ne trouve rien à répondre, elle continue :

— Si tu veux mon avis, tu n'as pas besoin de cours pour être gentille. Tu es une bonne personne, Mélia. C'est juste caché sous une bonne couche de suffisance. Probablement un mécanisme de défense que tu as développé très jeune.

Je la regarde avec hébétude.

— Tu es sérieuse ?

— Oui, je pense que tu devrais simplement écouter un peu plus ton instinct. Avant de te mettre en avant, ressens au fond de toi ce que tu penses vraiment, et la personne que tu veux être... apparaîtra tout simplement.

Je réfléchis un moment en réalisant qu'il y a toujours une petite Hermia qui parle en moi. Peut-être s'agit-il finalement de mon côté gentil.

— C'est fou ce que tu viens de me dire... Et moi qui croyais ne pas pouvoir être plus parfaite que je ne le suis déjà !

Hermia éclate de rire. J'ajoute :

— Grâce à toi, je me sens tellement gentille ! Merci, je suis prête à détruire ce mec !

Ma sœur secoue la tête et lève les yeux au ciel. Un nouveau plan se forme déjà dans mon esprit pas si machiavélique que ça finalement.

6.

Les montagnes de Lileval apparaissent, j'en ai le souffle coupé. À chaque fois que je visite cette région, la petitesse de l'être humain me frappe de plein fouet.

Le manoir des Lowyne semble avoir été bâti à même la roche dont il a emprunté le matériau. Il est grandiose avec ses poutres et ses colonnes médiévales qui me confortent dans mon admiration. À mesure que la voiture me rapproche de l'énorme édifice, j'entends par la fenêtre ouverte la rumeur d'une chute d'eau qui caresse mes oreilles.

Je comprends pourquoi mes parents tiennent tant à ce que l'on s'associe à ce clan. Il s'agit de l'une des plus illustres familles d'Eladwyne. Les Lowyne sont considérés comme faisant partie des clans fondateurs du pays. Si notre domaine est d'un grand modernisme, habillé de beauté antique, celui-ci, a sûrement été conçu aux premiers temps de notre royaume. Je réalise que pendant toutes ces minutes où j'ai contemplé l'endroit, j'ai cessé d'être, moi, Méliannile, l'impétueuse et sublime héritière des Vilmont.

Pourtant, je ne dois pas oublier les raisons de ma présence soudaine chez les Lowyne. Lorsque la voiture est autorisée à passer le grand portail qui mène à l'entrée principale du domaine, je remarque ce qui n'était pas visible de l'extérieur. Sur le flanc du bâtiment, certaines vitres sont brisées, le mortier se craquelle, les toitures sont légèrement affaissées. Ce magnifique domaine souffre des finances au plus bas de ses propriétaires et aurait besoin de sérieux travaux.

Mon chauffeur s'arrête près de la grande entrée et je refuse son aide pour sortir les cadeaux que j'ai amenés. Je veux gommer cette image de riche écervelée que Léobald a de moi.

Je porte une robe mauve, assez souple et pratique pour le voyage, mais qui accentue la finesse presque irréelle de ma taille et la douceur de mon teint. Les bras chargés, je rencontre soudainement Léobald qui accourt pour m'accueillir.

— Bonjour Méliannile, je ne pensais pas que tu ferais aussi vite ! me salue-t-il avec surprise.

Je plie les genoux pour lui faire une rapide révérence malgré ma charge et lui adresse un sourire resplendissant.

— Bonjour, Léo, ton domaine est incroyable.

Le jeune homme hausse les épaules, conscient que derrière « l'incroyable » se cache une lourde responsabilité qu'il ne parvient plus à porter seul. Je sais que son père est mort il y a quelques années. Sa mère, autrefois prétendue d'une beauté et d'un allant qui charmaient le royaume, est, semble-t-il, souffrante depuis ce drame.

— Tu n'aurais pas dû apporter tout ceci, me signifie Léobald en proposant de m'aider à porter mes paquets.

Je vois à son visage que mes présents ne le réjouissent pas. Il est gêné. Il ne pourra jamais me rendre la pareille.

— À vrai dire, je compte bien partager ce que je viens d'amener avec vous ! je me fends d'un sourire. D'ailleurs, sans vouloir t'offenser, c'est un peu plus pour tes frères et ta sœur que pour toi.

— Tu es sûre ? demande-t-il, surpris que je mentionne sa fratrie, ce que je m'étais bien gardée de faire depuis notre rencontre.

Je ne suis pas fan des enfants, mais en me renseignant, j'ai appris que Léobald était très impliqué dans l'éducation de ses proches. Il fait signe à son majordome de prévenir ces derniers et m'invite à le suivre dans le salon d'apparat.

Le manoir est grandiose, les pièces sont vastes et les larges fenêtres dévoilent une vue incroyable sur le flanc rocheux contre lequel l'édifice a été construit. Les arbres qui recouvrent la montagne et les multiples sources qui s'y écoulent sont également visibles depuis l'intérieur. Je suis abasourdie par cette grâce sans âge. La famille doit composer avec ce décor depuis des siècles, ainsi qu'avec tout ce qu'il suppose de désagréments. Préserver ce palais en pleine nature, sans argent, c'est un défi qui me semble impossible à relever.

Une étrange odeur âcre flotte dans l'air. Et malgré la propreté évidente, je remarque que des champignons ont poussé sur certaines zones inatteignables des hauts plafonds, lézardés de nombreuses fissures. Léobald a malheureusement remarqué mon regard qui étudie les lieux, aussi, il m'explique :

— L'eau des sources a tendance à s'infiltrer dans le manoir, c'est très compliqué...

— C'est prodigieux, je le coupe avec enthousiasme pour qu'il cesse d'être mal à l'aise. Je veux dire, il vous faudrait sûrement quelques travaux mais je ne peux nier que votre manoir est un bijou de notre patrimoine !

Je sens que Léobald se détend et me regarde même autrement. Il n'a pas le temps de me répondre que ses frères et sa sœur nous rejoignent.

Je suis si galvanisée par mon sans-faute, que je m'avance vers eux immédiatement pour les saluer.

Léobald me présente le plus grand, un petit garçon aux cheveux châtains et aux grands yeux bleus âgé de 12 ans, nommé Arvel, puis sa petite sœur de dix ans, Morgane, une très jolie brune aux yeux verts qui tient par la main le tout dernier, un bambin de deux ans, nommé Edan.

Je n'ai jamais été attirée par les enfants. Et j'ai en horreur les petits braillards. Je prends sur moi pour les accueillir avec bonheur et les attire immédiatement vers la table où nous avons déposé mes paquets. Léobald m'autorise à les ouvrir avec eux. Ils y découvrent avec ravissement des pâtisseries en forme d'animaux, réalisées par mon talentueux cuisinier. Leur timidité s'efface très vite tandis que nous nous installons pour manger. Je prends à cœur de questionner Morgane, dont le calme solide et la beauté effarante me plaisent. Cela m'évite d'avoir à gérer le tout petit dernier. Adorable avec ses cheveux blonds et ses fossettes, mais très agité. Léobald le prend sur ses genoux et lui offre quelques morceaux de gâteau. Malheureusement, Morgane est très réservée, je me tourne donc vers Arvel et lui propose de m'exposer ses passions. Le garçon me parle de la rivière qui serpente depuis la cour du château vers les jardins. Il adore faire glisser ses bateaux sur ce bras d'eau qui emmène ses jouets jusque dans la forêt.

Quand notre goûter est terminé, je propose à Arvel de me montrer son jeu. Léobald est un peu mal à l'aise.

— Tu ne pourras pas crapahuter avec eux dans cette tenue, me fait-il remarquer.

Il ignore quelle sportive je suis. Je soulève légèrement ma robe, dont le jupon très léger laisse émerger la vision d'un pantalon stretching.

— Je suis toujours prête à crapahuter ! je lui rétorque, amusée.

Quelques minutes plus tard, nous jouons dans la forêt à flanc de montagne avec les enfants.

Léobald s'occupe de surveiller Edan et moi je cours près de la rivière avec Arvel et Morgane qui se décoince enfin. Je dois avouer que, passé la première heure, où je devais réellement me faire violence pour m'intéresser à leur jeu, j'ai ensuite retrouvé mon âme d'enfant. Et comme nous sommes lassés des bateaux et que je suis grisée par l'air de la nature, je finis par grimper sur un arbre, et me pendre par les jambes à une branche. Ma sveltesse ne me fait rien redouter. Arvel applaudit et Morgane me contemple avec des yeux effarés. Elle n'a sûrement jamais dû voir une fille de bonne famille se comporter ainsi. Je descends en faisant un léger saut périlleux qui arrache un rire si puissant et si adorable au tout petit Evan, que nous sommes tous pris d'un fou rire.

Nous nous arrêtons dans une clairière où le sol escarpé a laissé place à une herbe tendre sur laquelle nous nous laissons tomber. Nos tenues sont sales mais qu'importe. Je peux être une princesse ou une sauvageonne, j'aime tous ces rôles. Je suis d'autant plus satisfaite que Léobald semble vraiment touché et admiratif de mon comportement. Je le sens me regarder quand il imagine que je ne le vois pas. Et j'adore cela.

Les enfants se mettent à jouer autour d'une nuée de papillons et Léobald et moi restons assis à l'écart, à les regarder.

— Tu as une famille adorable, je le félicite.

Je me rends compte que je suis sincère. Je pensais jouer la comédie et manipuler mon monde mais en réalité, c'est moi qui suis submergée par la situation. Je voulais me venger de cette colère qu'ont fait naître les propos sincères de Léobald. Seulement, son domaine et sa famille m'ont conquise presque autant que lui. Comment fait-il pour avoir ce pouvoir sur moi ?

Je suis si troublée en réalisant tout cela que c'est à peine si j'entends la réponse de Léobald.

— Merci, ça n'a pas été facile depuis la mort de mon père.

Il vient de se confier et c'est une occasion en or.

— Je suis vraiment désolée pour vous. Et ta mère, est-ce que sa santé s'améliore ?

Il pousse un long soupir.

— Non... Pour être honnête, je crois qu'elle se laisse mourir... Surtout depuis que mon oncle a... enfin, tu sais.

Quand je disais qu'il s'agit d'une famille de dépressifs ! Mon expression ne doit sûrement pas être très agréable ou même compatissante, car Léobald se réapproprie un large sourire. Il est éblouissant même quand il va mal. Il porte le poids de si lourdes obligations que je comprends pourquoi il n'a pas le choix. Ce mariage doit se faire. Il en va de la sécurité et de l'avenir de ses frères et de sa sœur et aussi de la préservation de son splendide héritage familial. Je suis la clef. Mais je ne suis pas l'amour pour lui. Seulement, est-ce que cet après-midi pourrait avoir changé quelque chose ? Je dois tout tenter pour le savoir.

— Désolé, ajoute Léobald, j'ai complètement gâché l'ambiance avec mes confidences…

— Pas du tout, je lui rétorque. Je suis admirative. Tu as une force incroyable.

Il secoue la tête comme si ce compliment ne pouvait être recevable, alors je continue :

— Tu veilles sur ces enfants et sur ce domaine comme si c'était les tiens. Tu as déjà les responsabilités d'une vie alors que tu es si jeune !

— Je ne vois pas les choses comme ça, déclare-t-il en observant les enfants, qui se roulent tous les trois par terre à plusieurs mètres de nous, aidés par la pente douce sur laquelle nous nous trouvons. J'ai grandi ici. J'aime cet endroit. Et j'aime plus que tout mes frères et ma sœur.

J'ai envie de lui demander s'il y aurait une place pour moi dans son cœur, maintenant. Mais je sais qu'il est trop tôt. Alors, je choisis une autre option.

— Léobald, tu m'as dit que tu ferais ton possible pour me donner ton cœur, je murmure tandis que le vent secoue mes longues boucles brunes. Est-ce que je pourrais te poser une question à ce sujet ?

— Bien sûr, répond-il, même si je sens qu'il est tout à coup sur la réserve.

— Et, est-ce que moi, j'aurais le droit de t'aimer ?

Il tourne lentement la tête vers moi. Ses yeux bleus m'analysent. Je vois qu'il contemple mon visage gracieux et mes cheveux, cascade de boucles brunes qui s'écoulent jusqu'en bas de mon dos.

— Ce serait un honneur que je ne mérite pas, répond-il en cessant brutalement de me regarder.

Il résiste. Et je ne comprends pas totalement pourquoi. Ainsi, j'insiste avec douceur :

— Pourquoi donc ?

— Tu es très belle, tu es une pianiste et même une gymnaste, tu es riche... Tu es... Qu'est-ce que tu ne sais pas faire, Méliannile de Vilmont ? me demande-t-il en se tournant finalement vers moi, presque dépassé par la situation.

Alors, je lui réponds :

— Te plaire.

Il secoue la tête et je remarque de légères rougeurs sur ses joues.

— Il doit être impossible que tu déplaises à quelqu'un ! élude-t-il, sans me regarder.

— Mais tu as dit que tu ne parviendras pas forcément à m'aimer.

Il ne dit rien et continue d'observer sa fratrie jouer. Ce silence me donne à penser que je ne suis pas la seule fautive dans l'histoire. Son passif familial a dû le blesser à des niveaux que je ne peux saisir. Je poursuis :

— Mais si on se marie... est-ce que tu seras au moins capable de me désirer ?

Les joues de Léobald s'empourprent davantage et cela m'amuse beaucoup, même si je voile mon sourire intérieur.

Il tourne lentement la tête vers moi et ses yeux bleus me répondent mieux que des mots. Nous échangeons un regard empli de tension et finalement, Léobald se penche vers moi et m'embrasse. Ses mains qui me saisissent embrasent ma nuque et ses lèvres me déconcertent de douceur et de fièvre. Mais déjà, ce baiser cesse. Léobald a bien trop peur que sa fratrie nous remarque. Cependant, l'énergie délectable contenue dans ce court échange m'a confirmé ce que je voulais savoir, et j'en reste trépignante de joie et tremblante d'émoi.

7.

C'est vrai, je ne peux nier mon bonheur. Depuis notre baiser, c'est comme si notre relation avait pris un tournant officiel. Il y a eu dans ce contact, cet échange, comme un déclic. Il est désormais évident que je serais incapable de faire le moindre mal à ce garçon, même si je le voulais. Ce qui est une première dans mon existence. De son côté, je sens qu'il a été touché par ma bonne volonté et par mon pouvoir d'attraction d'une manière inédite.

Il y a désormais une chose dont je suis sûre : même si cela me rend folle d'avouer qu'il est ma faiblesse, même si cela prendra le temps que ça prendra, un jour viendra où Léobald saura m'aimer.

Il me tarde d'être ce jour. Et je suis bien trop heureuse pour enrager de me pâmer comme une idiote. Ce qui m'attriste légèrement c'est que je ne peux guère partager ma joie avec ma sœur. Elle vient de repartir dans son école d'abrutis et me manque énormément. Mes parents, quant à eux, ne remarquent aucune différence. Ils sont absorbés par les soirées mondaines qu'ils organisent ou auxquelles ils se rendent. Travailler notre image est devenu une telle nécessité pour eux qu'ils commencent sérieusement à m'inquiéter.

Même si j'aime les contredire, je sais aussi tirer le meilleur parti de chacun d'eux. Ma mère est une inspiration infinie pour ce qui est de trouver la plus belle tenue. Et je tiens directement de mon père pour ce qui est du charme, du répondant et de mon tempérament de feu. Je suis fière d'être une Vilmont jusqu'au bout des ongles.

Cependant, force est de constater que pour la première fois de ma vie, je ne me sens pas diminuée à l'idée de changer de nom un jour. Pour Léobald, même cette idée médiévale a fait son chemin dans mon esprit. Ou peut-être dans mon cœur.

Le pire, c'est que je suis désormais attachée aux trois rejetons qui lui collent aux basques. Et comme nous nous voyons désormais régulièrement, je sais que mes séances chez lui ne se feront pas sans eux.

Lorsqu'il me rend visite, je l'emmène en promenade dans notre parc somptueux ou dans la campagne recouverte des fleurs et des arbres épanouis qui entourent mon domaine.

Lorsque je me rends chez Léobald, je visite avec ses frères et sa sœur, son immense propriété, m'émerveille des chutes d'eau visibles depuis diverses pièces du manoir ou continue de jouer dans la forêt abrupte qui dévore le flanc de la montagne.

Il y a une lumière toute particulière dans cet endroit. Le soleil est filtré par les feuillages et ses rayons se reflètent sur l'éclat de la roche. L'odeur de sous-bois qui s'infiltre jusque dans la maison m'étourdirait presque. Je me sens intimement chez moi dans cette demeure qui, pourtant, croule sous des décennies de mauvaise gestion. Et cela aussi me réjouit et me trouble... Puisque c'est unique. Puisque je ne pensais pas pouvoir aimer un lieu davantage que celui qui a bercé mon enfance et qui est fait de richesse et de perfection.

Léobald n'essaie plus de m'embrasser mais je sens que, lorsque nos doigts ou nos bras se frôlent, une tension nouvelle nous relie et j'en suis ravie. C'est une forme de relation que je n'avais jamais vécue. J'ai toujours opté pour les rapprochements physiques dès qu'un garçon me plaisait, sans jamais lui donner plus que ce que je voulais, évidemment. Non seulement pour ne pas entacher ma réputation, mais surtout parce que j'ai toujours estimé que celui qui me méritera n'est pas encore né. Cette étrange relation qui réchauffe mon cœur et m'emplit de tensions pourrait bien me donner tort. J'en suis à la fois heureuse et frustrée.

— Et donc, tu as décidé de ne plus me parler ?

Je sursaute en réalisant que Luke est entré par la fenêtre de ma chambre.

— Qu'est-ce que tu fiches ici ? je lui réponds, ébahie.

— Tu ne réponds plus à mes messages ! Je m'inquiétais !

Je pose la brosse avec laquelle je me coiffais juste avant qu'il n'arrive. Tout dans ma chambre est blanc et doré. Du pourtour de ce miroir à celui des meubles et même la robe que je porte aujourd'hui. C'est au tour de Léobald de me rendre visite et comme toujours, je compte discrètement lui en mettre plein la vue.

Luke jauge ma tenue, qui souligne mon teint hâlé, le velours sombre de mes cheveux, l'éclat de mes prunelles marron.

— C'est pour ton mendiant que tu te fais belle comme ça ?

— Arrête de l'appeler de cette manière ! je lui ordonne.

— Et comment je dois l'appeler ? Ton fiancé ?

— Peut-être bien.

Luke pousse un long soupir et s'avance vers moi.

— Alors ça va se faire ? Tu disais tout le contraire !

— Quelle importance, tu es fiancé toi aussi, pourquoi pas moi ?

Luke me surplombe. C'est un grand gaillard superbe. Ses cheveux châtains bouclés et son visage fin lui offrent une douceur qui compense sa carrure athlétique, un parfait mélange qui m'a toujours attirée.

— Tu m'as terriblement manqué, fait-il en s'approchant de moi.

Je recule.

— Cela ne t'est pas venu à l'esprit que, si je ne répondais plus à tes messages, c'est parce que ce n'était pas mon cas ?

Ses épaules s'affaissent un peu tandis que je me rends à nouveau devant mon miroir pour peaufiner ma préparation.

— Tu n'es pas obligée d'être aussi dure avec moi, soupire mon ami.

Je me tourne vers lui.

— Luke, on est plus des gamins, tu savais bien que notre petit jeu devrait se terminer un jour ou l'autre, non ?

— Et pourquoi donc ?

Je l'observe, un tantinet outrée :

— Tu comptes me rendre visite comme ça toute ma vie ? Même quand je serai mariée ?

— Je ne comptais rien, Mélia. On n'a rien planifié quand on a commencé à se rapprocher.

— Justement, on a veillé à ne se faire aucune promesse. À ne certainement pas se coincer l'un et l'autre. Nos familles n'ont pas besoin l'une de l'autre. Une alliance entre nous n'apporterait pas grand-chose si ce n'est lier nos patrimoines.

— Et nous deux ? demande Luke.

Je sentais bien que le problème finirait par se poser. J'avais toujours pensé que Luke était un peu comme moi. J'espérais qu'il ne faille pas l'évincer quand il deviendrait trop collant, comme les autres garçons. Nous aimions nous amuser, nous chamailler presque comme des frères et sœurs, nous lancer des défis, avec, certes, quelques baisers en plus, pour tout épicer. Seulement, Luke aussi semble avoir succombé à mon charme. Pourquoi cela semble-t-il aussi facile pour tous les hommes qui m'entourent, sauf celui que je veux réellement ?

Cette idée me fait mal brutalement. Avec tous les autres sans exception, je n'ai quasiment eu aucun effort à faire. Et j'obtenais immédiatement tout ce que je désirais. Avec Léobald, même s'il a le don d'arrêter le temps quand je suis en sa présence, je découvre tout un panel d'émotions qui n'a pas que du bon. Cette attente me plonge dans une langueur teintée de peur à l'idée de ne jamais parvenir à le conquérir ou de commettre l'erreur qui mettra fin à tout espoir. Cette douleur-là est nouvelle pour moi et je la déteste.

Luke remarque ma courte réflexion intérieure, il en profite pour se rapprocher de nouveau :

— C'est vrai que toi et moi, on ne s'était rien promis, murmure-t-il. Pas de mariage. Pas besoin de serments. On a laissé les choses venir. On a joué. Tu te souviens la première fois qu'on s'est embrassés ? C'est arrivé comme ça. Sans prévenir.

Je nous contemple tous deux dans le miroir en réalisant combien il a raison. Il glisse une main sous mon menton et tourne doucement ma tête vers lui. Je lui obéis parce que j'ai toujours aimé qu'il me touche.

— C'était très simple, fait-il d'une voix très caressante. C'était mieux qu'une union arrangée, comme l'ont prévu nos parents pour nous. C'était juste une envie folle. Quelque chose de non prémédité. Quelque chose de puissant.

Plus il parle et plus il avance son visage vers le mien. Je ferme les yeux et le laisse prendre mes lèvres, parce que je voudrais goûter à nouveau à cette sensation si facile.

Quand il me tient contre lui, c'est vraiment délicieux et fort. Il ne se retient pas, n'a pas peur de commettre un impair et je n'ai rien à quémander. Mais ce n'est pas Léobald.

Je le repousse et je réalise avec horreur que Léobald, justement, était là. Comme dans les pires tragédies possibles, il se tient sur le seuil de la porte de ma chambre, figé.

— Léo ! je m'exclame, totalement abasourdie.

Je tourne la tête vers Luke comme pour m'assurer que ce qu'il vient de se passer était bien réel, que ce n'était pas un cauchemar. J'ai déjà rendu des garçons jaloux dans ce genre de circonstance. Et le fait est que cela ne me faisait ni chaud, ni froid. Au contraire, j'éprouvais parfois un véritable amusement. Il faut croire que la vie a décidé de se venger...

— Je vois que tu es occupée, dit simplement Léobald, d'une voix presque neutre. Je n'aurais pas dû venir si tôt.

Il fait volte-face et se dirige à vive allure vers l'escalier.

J'abandonne Luke pour suivre mon fiancé en courant.

Je ne parviens à le rattraper qu'une fois arrivée dans le parc.

— Je suis désolée ! je m'exclame sur ses talons et Léobald daigne enfin se retourner. Ce n'est pas...

— ...ce que je crois ? termine-t-il à ma place avec un certain agacement.

Je réalise avec horreur qu'il n'a pas l'air triste ou en colère. Il est simplement blasé. Comme s'il se rengorgeait dans l'idée qu'il s'était faite de moi au départ.

Je secoue la tête.

— Je ne voulais pas ce qui est arrivé. Luke et moi, c'est une vieille histoire...

Léobald soupire et fait mine de partir. Je le retiens par le bras.

— Écoute-moi, je t'en prie !

Il obéit, croise les bras et m'observe avec une distance qui ne me plaît pas du tout.

— On n'a jamais été ensemble, il y avait juste, ce truc entre nous..., je lui dis piteusement.

Mince, c'est dingue, je peux être percutante quand je le désire mais là, je ne trouve pas mes mots. Car c'est la toute première fois que je dois me justifier de la sorte. Je poursuis tant bien que mal :

— Mais c'est fini. C'est vraiment fini. Et peut-être que l'embrasser, m'a permis de le réaliser. C'était aussi ma manière de le calmer et de lui dire au revoir...

— Très bien, répond Léobald.

— Comment ça ?

— D'accord, ajoute-t-il en décroisant les bras. Toi et moi, on débute à peine. Je suis conscient que tu as un passé, comme tout le monde.

— Et... c'est tout que tu as à me dire ? je m'étonne.

— Eh bien, oui. Tu n'es pas ma *chose*, tu ne m'appartiens pas. Cela dit, je pense qu'il vaudrait mieux que je rentre chez moi. Ton « *ami* » est en train de nous rattraper et je crois que c'est à toi de régler ça.

Il désigne Luke que j'aperçois descendre les escaliers à travers les baies vitrées. Léobald reprend sa route, mais je le rattrape. Je n'aime pas du tout l'expression d'indifférence qui a gagné son visage.

— Léo, je ne veux pas que ça change quelque chose entre nous, je lui demande.

— Ça ne change rien pour moi, répond-il d'une voix pourtant dure.

J'ai une terrible envie de pleurer, car toute la proximité que nous avons gagnée récemment me semble perdue. Et me sentir loin de Léobald, c'est me sentir... terriblement seule. Un sentiment nouveau qui me laisse désarmée.

— Je vois bien que si, je murmure en m'efforçant de ne pas trahir mon émoi.

Léobald s'avance vers moi et me parle d'une manière plus sincère. Sa voix, bien que douce, me fait pourtant mal :

— Je croyais que lorsqu'on s'était embrassés, tous les deux, tu m'offrais quelque chose de rare. Maintenant, je vois que te servir de ton charme est une habitude, pas un cadeau.

— C'est faux ! C'était juste, une sorte de jeu entre lui et moi. Avec toi, c'était différent !

— De toute évidence, ça n'était pas qu'un jeu pour lui. Écoute, Méliannile, je te l'ai dit, je ne compte pas t'en tenir rigueur.

— Mais tu es déçu, je conclus d'une voix triste et un peu écœurée par moi-même, par nous, par cet état dans lequel ce type, venu de nulle part, a le pouvoir de me mettre.

— Non, répond-il, blasé. Toi et moi, nous sommes différents, c'est ce que je t'ai dit dès le début.

Et il me laisse là.

8.

Je n'arrive pas à réaliser que j'ai pu commettre une telle erreur. Je ne m'explique pas mon comportement. Il est vrai que j'ai toujours été une fille totalement libre de ses faits et gestes. Certes, j'aime relever des défis. Cependant, Léobald est le premier que je me suis lancé en matière d'amour.

À la réflexion, ce n'est pas tout à fait ça. J'ai peine à l'avouer, mais je ne comptais pas offrir cet intérêt au jeune homme. C'est venu tout seul.

Mon probable futur ex-fiancé a pourtant tenu parole. Rien n'est terminé entre nous. Il attend mes visites et continue de programmer les siennes. Seulement, ce contact fait de tension et de douceur, cette sensation sourde que nos cœurs commençaient à se trouver, ont disparu.

Lorsque nous sommes chez lui, il se montre poli et agréable, m'adresse même des sourires. Seulement, il ne semble se détendre tout à fait que lorsque nous jouons avec sa fratrie. Au détour d'un éclat de rire, je tente parfois de croiser son regard, mais il évite le mien.

Chez moi, il se montre un invité des plus polis mais nos conversations tournent vite court. Je me sens désarmée. Parfois, je m'emploie à le détester et à bouder l'un de nos rendez-vous. Je songe même sérieusement à retomber dans les bras de Luke. Ou même d'un autre. Un qui pourrait m'aider à l'oublier. Mais je ne m'y résous jamais. Je n'y arrive pas. Il emplit mes pensées et même mes songes. J'en perds l'appétit et parfois le sommeil. Je n'ai jamais connu ça.

Aujourd'hui, j'ai annulé notre entrevue. Je dois me guérir de lui pour arrêter de commettre des bavures plus grosses que moi. Je dois me guérir de lui avant de vouloir le conquérir. J'enfourche mon cheval et galope de longues heures à travers la vallée embrasée de soleil. Je serre les jambes autour de l'animal, je me penche et je ne fais qu'un avec ma monture. C'est délicieux, vivifiant, épuisant. Je m'arrête près d'un cours d'eau tout en haut de la vallée que j'observe, essoufflée.

Hermia n'est pas là. Elle me manque. Mais je n'ose pas l'appeler. Elle me pense meilleure que je ne suis. Pourtant, il est vrai que je ne me soucie que de moi. Même si j'ai appris à être un peu meilleure, je n'ai pas appris à me maîtriser. Et même quand j'aime, je ne pense qu'à cesser de souffrir, qu'à persuader l'autre de m'aimer à son tour. Pourquoi ne pourrais-je pas aimer moins égoïstement ? Pourquoi ne pourrais-je pas aimer sans contrepartie ?

Ma colère s'est consumée dans la course folle que je viens de faire. La transpiration colle mon t-shirt sur ma peau. Sur le promontoire où je me tiens, je vois plusieurs bras d'eau scintiller à travers la vallée qu'ils parcourent, et les montagnes au loin où moutonne une forêt verdoyante. C'est là-bas que vit Léobald. Si je l'aimais vraiment, ne voudrais-je pas que son bonheur ?

À ce propos, que souhaite Léobald de son côté ? Quel est son idéal ?

Je connais cette réponse. C'est ce qui m'a fait le désirer à l'instant même où mes yeux se sont posés sur lui. Il veut le bien-être des autres. Il veut rendre heureux ceux qui l'entourent. Il veut surtout protéger ses deux frères et sa sœur, qu'il considère presque comme ses propres enfants. Il souhaite aussi me préserver. Je le crois et je le vois sincère quand il prétend vouloir m'aimer, s'y essayer. Résolument, il n'y parvient pas. Tout simplement parce que mon âme n'est pas aussi pure que la sienne.

Mon père m'a toujours appris à dominer les autres, à exister pour exceller, et surpasser quiconque croiserait mon chemin. Ma mère m'a appris à être belle même quand je n'avais rien pour me mettre en valeur. Elle m'a offert une confiance intarissable en moi-même.

Mais je ne connais pas les chemins du cœur. C'est un langage qui me dépasse.

Hermia les connaît mieux. Mais Hermia est différente.

Lorsqu'elle avait 9 ans, elle a fait un grave malaise cardiaque, elle a dû être opérée de toute urgence. Elle a failli mourir. J'avais 14 ans à l'époque et le monde à mes pieds. Tout était facile et je ne connaissais de la vie que le désir et la jalousie que j'inspirais aux autres. Quand les médecins ont voulu nous préparer au pire, quelque chose a changé en moi. L'idée de perdre un être que j'aimais, avec qui je partageais mes jouets, mes crises comme mes joies, m'a complètement bouleversée. Hermia a survécu mais sa convalescence a été longue. Même si elle était vivante, j'ai mis du temps à reconnaître ma petite sœur dans cette enfant affaiblie et triste. J'avais parfois l'impression qu'on me l'avait prise. Pas brutalement par la mort, mais par cet épuisement qui l'empêchait d'être elle-même, cette langueur qui la rongeait, qui rongeait notre enfance.

Mes parents ont très mal vécu cette épreuve. Mon père a complètement fui le foyer. Il lui était impossible de poser les yeux sur sa cadette qui pouvait à peine faire trois pas sans s'essouffler. La carrière prometteuse de danseuse qui attendait Hermia était définitivement derrière elle. Mon père avait toujours été très fier de ses filles, belles et surdouées.

Quant à ma mère, elle n'avait aucune écoute. Elle ne cessait de forcer ma sœur à récupérer avant même que cette dernière trouve en elle le désir de vivre. Hermia avait frôlé la mort de si près que son ombre l'avait contaminée. Parfois, elle regardait longuement l'horizon à travers la fenêtre et je savais qu'elle ne trouvait plus sa place parmi les vivants. Et encore moins sa place dans notre foyer où mes parents ne la comprenaient pas et où j'excellais pour ma part en tout.

Et puis, les mois se sont chargés de réparer ce que je ne croyais plus possible de l'être. Je crois que, bien que très maladroite, je suis celle qui l'a le plus aidée car je lui racontais sans cesse mes victoires contre mes copines et mes petits amis que je manipulais. Je lui montrais mes nouvelles aptitudes en gymnastique et m'acharnais presque à vivre pour nous deux. Son état s'est amélioré lentement. Et un jour, alors que je l'ai surprise dans un grand éclat de rire après l'une de mes boutades, j'ai compris.

J'ai compris ce que c'était d'aimer. En un instant, en voyant les couleurs vives peindre ses joues et le timbre de sa voix si délicieuse se délier, j'ai su qu'elle allait guérir. Et cette certitude m'a remplie d'un tel soulagement, d'un tel bonheur, que j'aurais pu exploser. J'ai vraiment su ce que c'était d'aimer, car la perdre ou la voir dépérir éternellement aurait été un terrible cauchemar.

J'ai su ce que c'était d'aimer, car je me suis promis à jamais que rien ne me séparerait d'elle, que je la protégerai et lui offrirai ce que je n'avais jamais été capable d'offrir à personne : une place dans mon cœur.

Ce n'était pas aussi clair que cela dans mon esprit, vu que j'avais 14 ans. D'autant que j'avais été élevée pour voir les autres plier et ne jamais en faire autant. C'était en dure et forte héritière des Vilmont que mon père m'avait formée. Mais Hermia a ouvert quelque chose en moi. Et les années n'ont fait que m'apprendre à l'aimer davantage. Parce que, bien que sortie d'affaire, Hermia avait changé. Plus fragile et plus sensible, elle avait un regard différent sur le monde. Une douceur nouvelle que je ne lui avais jamais connue. Une patience, parfois une mélancolie, un détachement et en même temps, une force qui la faisaient considérer la vie plus précieuse que jamais, qui la rendaient unique.

Je crois que lorsque j'ai posé les yeux pour la première fois sur Léobald, j'ai vu aussitôt qu'il était comme elle. J'ai trouvé un autre être capable d'émouvoir mon cœur.

C'est pour ça que je dois me battre. Je dois redoubler d'ardeur. Il m'a poussée à me remettre en question, à m'améliorer, à arpenter les profondeurs secrètes de mon âme. Et comme Hermia a été en mesure de me faire évoluer, lui aussi m'a apporté quelque chose. Je dois trouver une solution.

Le lendemain, mon désistement de la veille ne semble pas avoir atteint la marmaille qui m'accueille avec un grand enthousiasme. Même le tout petit Edan agrippe mes jambes. Le bambin est si craquant avec sa tignasse blonde que je ne lui résiste pas et le prends dans mes bras. Je n'ai pas trop l'habitude, mais à force de voir les serviteurs et Léobald lui-même porter l'enfant, je parviens à le caler contre ma hanche. Edan semble ravi et se contente de gazouiller doucement.

Arvel me propose immédiatement un cache-cache et sa sœur Morgane, toujours aussi belle et réservée, se déglace déjà quand j'accepte avec un grand rire. Léobald nous rejoint avec un temps de retard, la mine soucieuse. Je pense qu'il doit peiner à payer le personnel qui entretient ce grand manoir à l'abandon. Il a les mains sales et les manches retroussées. Il doit travailler lui-même et s'improvise sûrement bricoleur. Il semble sincère lorsqu'il me salue. Je pense qu'il a saisi que sa fratrie m'était attachée et que je suis pour eux une agréable parenthèse dans cet étrange été.

Je lui propose aussitôt de se joindre à notre jeu. Mais il décline poliment.

— C'est toi qui comptes ! impose Arvel à sa sœur Morgane qui accepte en se tournant vers le mur. Dépêche-toi de te cacher, Mélia ! me conseille le petit garçon.

— Est-ce que tout va bien ? je m'enquiers doucement auprès de Léobald.

— Quelques dégâts des eaux au troisième étage, soupire-t-il en s'essuyant les mains.

Il m'adresse un sourire sincère qui fait tressauter mon cœur.

— Merci de les distraire, je ne sais pas ce que je ferais sans toi, me déclare le jeune homme.

Je voudrais qu'il m'accorde un geste, ne serait-ce qu'un début d'attention amoureuse. Mais il y a déjà beaucoup de progrès entre nous, je ne peux sûrement pas en demander trop d'un coup.

Je hoche la tête tandis qu'il me dépasse pour soulever Edan dans ses bras.

— Toi mon grand, c'est l'heure de changer cette couche ! Glenna t'attend pour ça !

Il me lance en s'éloignant :

— Je vous rejoins dès que possible !

Arvel est déjà caché depuis longtemps. Et je serais bien en peine de le trouver tant ce manoir est grand. Je décide de m'exiler au premier étage, où se situent leurs chambres. Une grande armoire fera sûrement l'affaire. C'est alors que je m'arrête devant les appartements de Léobald. Il me les a déjà indiqués lors de nos promenades mais je n'ai jamais pris le temps de m'y attarder. Et si l'occasion de le connaître davantage, voire, de lui apporter réellement quelque chose pouvait se présenter ?

La chambre du jeune homme est tout aussi grandiose que les autres pièces. De très hautes fenêtres donnent sur la forêt et sur les ruisseaux qui coulent le long de la roche. Un grand lustre de diamant étincelle au plafond. Le lit à baldaquin en bois torsadé est digne du roi des elfes. J'ai l'impression de pénétrer dans le domaine d'un prince.

Cependant, je perçois une fenêtre réparée par des morceaux de bois cloués, un meuble qui s'effrite, un sol abîmé que l'on a recouvert d'épais tapis pour en cacher les défauts. La chambre sent bon, un vrai parfum de fleurs flotte dans l'air, idéal pour cacher les soucis d'humidité. Et aussi, un parfum de livres. Ils recouvrent les murs et les étagères, ainsi que l'immense bureau du jeune homme. Partout.

Je lisais beaucoup à l'époque où je faisais mes études. C'était une nécessité pour moi d'asseoir ma suprématie dans tous les domaines, y compris celui des mots. J'y ai appris beaucoup. J'en suis sûrement devenue plus fine et plus vive. Mais aujourd'hui, la lecture m'ennuie. Je n'ai plus la patience ou l'humilité de m'y soumettre. Je ne lis que de courts récits qui vont droit au but et encore, c'est rare. Je préfère largement regarder la télévision ou simplement m'adonner à mes divers sports et passions. Ici, je réalise à quel point Léobald ressemble à ma sœur, parce que, comme elle, sa chambre est le véritable boudoir d'un littéraire. Au final, c'est elle qu'il devrait épouser. Rien qu'à cette idée, une pointe de jalousie vient m'écorcher le cœur.

Je feuillette en passant les bouquins sous mes doigts. Léobald aime les antiquités apparemment. Suis-je vraiment sûre de vouloir passer ma vie avec un type aussi sérieux ? J'aperçois mon reflet dans un miroir en pied dans un des coins de sa vaste chambre. La cascade de mes boucles noires tombe autour de ma robe bleue comme le digne écrin de la beauté d'une reine. Même si ma peau et mes yeux plus sombres contrastent avec l'éblouissant et si pâle Léobald, je parais à ma place ici. Il y a quelque chose d'intemporel dans ma silhouette gracieuse, telle une déesse grecque. Je me sens bien ici. J'aime cette ambiance. J'aime sentir le parfum du jeune homme flotter dans l'air. J'aime respirer le calme et la paix qu'il respire lui aussi, jour après jour. Je devine que c'est ici qu'il se ressource, que Léobald retrouve la paix et s'occupe enfin un peu de lui-même. C'est entre ces murs qu'il oublie tous ses devoirs, tous ses sourires forcés et ses gentillesses envers les autres. C'est ici qu'il respire. Ici qu'il doit se sentir délivré.

Lorsque mes doigts tombent finalement sur une vieille couverture élimée et que je découvre une écriture fine et précise entre les pages, je réalise à quel point j'ai vu juste. Il s'agit du journal intime du jeune homme.

9.

Un journal intime ! Sérieusement ? J'hésite entre exploser de rire, en me targuant que je n'ai rien à voir avec cet imbécile fragile comme une fillette, ou simplement m'émouvoir en plongeant la tête la première dans tous ses secrets. Je n'ai jamais tenu de journal intime, cela représente le comble de l'ennui pour moi. Je n'ai jamais eu besoin d'exprimer ma souffrance autrement que par le sport. Les mots sont une arme pour moi qui sais en jouer à l'occasion, mais pas une libération. À en juger par le nombre de pages couvertes, ce n'est pas le cas de Léobald. Il en a *besoin*.

J'ai envie de lire mais je n'y vois que des confidences d'un gestionnaire de manoir dépassé. C'est d'un ennui mortel. Je m'apprête à laisser tomber lorsque j'entraperçois le prénom d'une fille.

Emerise.

Mon cœur se glace. Je m'assois sur le lit, choquée par le nombre de fois où ce prénom apparaît, page après page. Je remonte en quête de la première fois où il parle d'elle. Je finis par dénicher cette fameuse date avant laquelle l'intruse n'avait jamais été mentionnée. Cela remonte à 4 ans.

« Je crois que c'est la première fois que je ne regrette pas une soirée.

Pourtant, en m'y rendant, je croyais mourir. Je ne voulais pas. Depuis qu'il est mort, j'ai l'impression que chaque geste est un poids, un devoir et même un drame.

Elicia et Gawen ont insisté pour que je les suive. J'ai donc pensé que si je laissais les enfants au soin de leur nourrice, je pourrais au moins me ressourcer loin de mère. Elle est devenue plus triste que la mort elle-même. Plus triste que la tombe de son mari. Je ne supporte plus de la regarder et j'enrage qu'elle offre ce spectacle de désespoir éternel à Arvel, Morgane et Edan.

Alors, oui, j'ai décidé d'accepter. Oublier la maison et ses problèmes.

Et j'ai eu raison.

C'est arrivé de la plus belle des manières. D'une façon que je n'aurais sûrement pas pu orchestrer. Je m'étais éloigné vers le buffet car même si mon nom ouvre des portes et que je m'efforce de sourire pour plaider doucement la cause de ma compagnie, je souffrais. Je me sentais ailleurs. Ou simplement ruiné, comme tous les Lowyne le sont.

Au désespoir, ma main a cherché sans la voir une bienheureuse coupe de champagne pour apaiser mes lèvres.

Elle *avait fait le même choix.*

Nos doigts se sont touchés. Ce contact m'a surpris. Je me suis reculé, excusé, avant de voir son visage.

J'en fus saisi. Ses grands yeux bleus m'ont paralysé. Il m'a fallu un moment pour être capable de parler. Et maintenant que j'y repense, elle semblait, elle aussi, projetée vers un ailleurs où régnait peut-être l'émoi de me rencontrer.

Elle a un visage d'une grande délicatesse. Blanc comme la porcelaine. Ses cheveux châtains sont presque comme un doux miel qui tombe sur ses épaules. Ses lèvres sont la preuve que la poésie peut se lire même sur la chair d'un être humain.

Nous avons parlé. Dans le trouble où je me trouve encore, je ne parviens que difficilement à raconter notre échange. En vérité, mon cerveau a tenu une conversation potable, mais toute mon énergie se trouvait consacrée à la regarder. Elle est différente.

Elle se nomme Emerise.

Je sais que j'ai l'air d'un abruti. Je rêvais d'aimer parce que je rêvais de connaître ce que les plus grands artistes ont pu décrire de souffrance et de bonheur mêlés. Je crois que c'est fait.

Emerise m'a emporté. Je suis cet homme qui a perdu la notion du temps et des réalités. Je sais que c'est fou. La tragédie a si souvent touché les miens, qu'oser rêver et aimer n'est sûrement pas de circonstance. Mais Emerise m'a pris quelque chose aujourd'hui. Sans préméditation, sans avoir même à parler. Elle m'a pris une part de la douleur. Et a mis l'espoir dans mon cœur. »

Je relève les yeux. Hermia avait raison, Léobald est un poète. Et il ne peut m'aimer, il ne pouvait même pas se réjouir de me rencontrer, car il a déjà sa muse. Et ce n'est pas moi.

Je reprends ma lecture avec douleur, j'effleure les mots avec hésitation, comme si je n'étais pas sûre de vouloir réellement les déchiffrer ou les comprendre.

Il y a parfois des tâches sur le papier, des ratures, des lignes enchaînées dans ce journal sans vraiment d'ordre. Il se confie, il se parle à lui-même sans tout expliquer, sans préciser les détails parce qu'il ne compte pas être lu. Sans prévenir, il se choisit parfois même un interlocuteur à qui il s'adresse en sachant qu'il ne sera ni lu, ni entendu, mais que, quelque part dans l'univers, il lui aura parlé. Je trouve chacune de ses phrases touchantes. Il est doué. Jusque dans ses mots qu'il trace finement, il continue de me plaire. Je sens son odeur, un doux parfum d'été et de papier, et je suis douloureusement atteinte en plein cœur. Pourtant, je n'arrive pas à détacher mes yeux. Et je lis encore. La date suivante se trouve être deux semaines plus tard.

« *Je n'ai pas seulement vécu le rêve lointain d'un poète. M'abîmer à désirer la revoir ou l'imaginer était déjà un beau et terrible cadeau. Mais Emerise est plus qu'un visage angélique. Ce soir, je l'ai revue. Nous avons marché dans le jardin, à la faveur de la nuit qui parfumait tout. Je me sentais léger, je me sentais presque infini. Je n'ai jamais été dans cet état.*

Elle est comme moi.

Sa famille est ruinée. Mais son cœur, lui, est plein, rempli. C'est une passionnée. Elle aime les siens, et comme je pourrais mourir pour mes frères et ma sœur, elle donnerait sa vie pour ses petites sœurs. Elle est drôle. Elle sait rire. J'adore l'entendre rire.

Je me suis senti différent.

Depuis que tu es mort, depuis que tu n'es plus là, tout était parti avec toi. J'avais l'impression que le printemps avait laissé place à un hiver sans fin. J'avais le sentiment que mon monde avait fait naufrage.

Mais Emerise, c'est comme ces souvenirs d'enfance où tout est plus fort, plus doré et plus heureux. Sa voix, c'est une brise d'été. Et ses joues, sa peau de nacre, ce sont ces nuages dans lesquels on cherche des formes fantasques.

C'est peut-être stupide de l'aimer si vite, c'est peut-être propre à ma jeunesse, mais comme je suis heureux d'être jeune alors que je croyais ne plus jamais pouvoir l'être ! Comme je suis heureux de me sentir l'aimer !

Et le meilleur, c'est que j'ai osé : j'ai saisi sa main. Elle a rougi.

C'était comme sentir le petit cœur palpitant d'un oiseau si chaud entre ses doigts. C'était d'un délice et d'une félicité comparable, d'un émoi similaire, mais mille fois plus fort.

Je la trouve si délicieuse. Je suis abruti encore par cela.

Je voudrais que tu la voies. Je voudrais pouvoir te raconter combien elle m'a conquis. »

Un mois plus tard...

« Nous avons des projets. Bien sûr, cela paraît impossible. Mais nous nous aimons. Cela fait même un moment que je n'ai pas eu besoin de confier quoi que ce soit à ce journal. Ou même de te parler, père. Parce qu'aimer Emerise et être aimé d'elle en retour me comble au-delà de l'imaginable. C'est à elle que je dis tout désormais. Elle est plus que du papier ou ce crayon. Elle m'entend, me répond et me confond de douceur et de gentillesse. Elle panse mes plaies, même sans les voir ou les toucher. Elle lit en moi. Elle me comprend.

Elle partage avec moi ce plaisir des mots.

Nous parlions d'ailleurs du moment où nous avons su que nous aimions la poésie et Emerise *s'est mise à murmurer : « Et je vis tout à coup le ciel égrené et ouvert, des planètes, des plantations vibrantes, l'ombre perforée, criblée de flèches, de feu et de fleurs, la nuit qui roule et qui... »*

J'ai terminé en même temps qu'elle :

...qui écrase l'univers. »

Nous nous sommes regardés et j'ai su que je ne pourrais pas faire autrement que de l'aimer. Toute ma vie. Éternellement, jusqu'à ce que l'univers nous ai dévorés et dispersés en poussière.

Je l'ai embrassée. »

Il y a une goutte qui vient de tomber sur le journal de Léobald. Je m'essuie les yeux en réalisant que c'est moi. Je suis tellement surprise de pleurer pour un garçon que ma tristesse est un instant balayée par l'étonnement. Deux mois après ce baiser, il se confie à nouveau :

« C'est une souffrance, une torture. Nous passons notre temps à chercher des solutions et plus nous le faisons, plus nous réalisons à quel point c'est impossible. Sans un bon mariage d'un côté comme de l'autre, nos familles seront plongées dans un désespoir plus grand que jamais. Aucune banque n'accepte de nous aider. Aucun ami non plus. Plus nous nous voyons et plus nous souffrons. Car Emerise et moi ne sommes que deux ancres l'un pour l'autre.

Condamnés à nous tirer l'un et l'autre vers le fond.

Si je n'aimais qu'elle, je serais plus léger que jamais, je pourrais vivre juste à ses côtés, comme un fou dans la forêt. S'il le fallait, je le ferais. Le simple goût de sa présence me récompenserait. Dire que je ne pourrai peut-être jamais plus la toucher ! En tout cas, pas davantage que les baisers que nous avons échangés.

Je tempête et je lutte. Je suis peut-être dans le déni. Mais je veux que nous restions ensemble. Un tel amour ne mérite-t-il pas que l'on se batte au-delà du raisonnable ? J'aime les miens. Je mourrais pour eux. Mais cet amour n'a-t-il pas sa place, lui aussi ? Ma famille l'aime. Et toi, tu l'aimerais, père, j'en suis certain. Dans sa douceur et dans sa simplicité, elle t'aurait plu immédiatement. Je voudrais qu'elle soit ma femme. Je voudrais qu'elle soit la mère de mes enfants. Je voudrais qu'elle soit la mère de tes petits enfants. Elle porterait dignement notre nom. Et je voudrais mourir. »

Les pages suivantes, trois mois ont encore passé. Il a pris du recul. Le ton semble changer. L'écriture est plus rigide et plus lisible, comme si Léobald ne se laissait plus porter par la douce inspiration du poète amoureux mais par la réalité de ses responsabilités. Il retrouve toute sa raison et c'est pourtant en lisant ce passage que j'ai le plus mal :

« *Je dois lâcher-prise. Emerise est promise à un type qui sauvera sa famille. Si j'essayais d'insister, je la priverais d'apporter cette chance aux siens. Et de mon côté, je priverais ma famille d'une chance de s'en sortir. Même si je décidais d'écouter mon cœur, nos dettes seraient toujours là. Et je nous offrirais à tous les deux une vie bien plus difficile que ce que nous avons connu. Sans parler de nos familles respectives. L'amour peut survivre à beaucoup, paraît-il mais je ne suis pas sûr qu'il survive à la culpabilité. Parce que je ne pourrais pas me pardonner tout ce que je lui aurais pris. J'ai aperçu le garçon qu'on a présenté à Emerise. J'ai peine à le reconnaître, mais c'est une bonne personne. Si je n'avais pas voulu forcer le destin, Emerise serait totalement libre de l'aimer aujourd'hui, tout serait simple pour elle.*

Seulement, je me dis que la vie n'est pas comme dans les fictions. Rien n'est écrit. J'ai vu la manière dont ce type a regardé Emerise et j'ai compris qu'il pourrait la rendre heureuse.

Je l'ai détesté immédiatement, parce que je l'envie horriblement, mais je dois admettre qu'il semble être un bon parti pour elle. Sûrement meilleur que je n'aurais pu l'être. J'enrage de le reconnaître car je souffre. Je ne cesse d'imaginer qu'il va obtenir tout ce dont j'ai rêvé durant ces dernières semaines.

Je n'avais jamais trop imaginé la femme que j'épouserais parce que je savais que je n'aurais pas le choix en la matière. Je ne voulais pas faire de plans sur la comète. Je voyais mon devoir avant tout, c'était plus simple.

Mais il y a eu Emerise et le plus fou, c'est qu'elle consentait à notre amour. Elle avait envie d'être avec moi. Et c'était ça, le plus dingue, le plus enivrant. Cette fille belle, intelligente, drôle, qui m'a ému très vite, m'a réellement envisagé comme un possible mari. Elle était prête à tout me donner. Elle était prête à me laisser l'aimer, dormir et m'éveiller à mes côtés, elle était prête à s'offrir, à me laisser la toucher, à me permettre de la faire mienne.

Cette idée était vertigineuse et délicieuse.

Je sais que certains types n'agissent pas en adéquation avec les mœurs d'Eladwyne et qu'ils multiplient les conquêtes. Vu la situation bancale de ma famille, je ne peux pas me permettre de ternir davantage notre réputation en me comportant de la sorte, mais ce n'est pas la seule raison qui m'a retenu jusqu'alors. Et Emerise m'a aidé à mieux comprendre cet aspect de mon cœur.

Évidemment, ça doit être renversant qu'une belle fille s'offre à soi. J'en perdrais sûrement l'esprit si une telle situation venait à se présenter. Mais c'est totalement différent quand cette fille incarne tellement plus. Lorsqu'on l'aime tout simplement. Avoir cette personne que vous désirez depuis longtemps, connaître son esprit, l'aimer, et pouvoir posséder son corps. Je crois que c'est ça, le vrai délice.

Malheureusement, cela ne m'arrivera jamais. Mon oncle et ma tante souhaitent me trouver quelqu'un rapidement. Je n'aurai jamais le temps de m'éprendre de cette personne comme je le suis d'Emerise et je ne crois pas que ça soit possible.

Cette idée me fait si mal que je regrette profondément d'avoir connu Emerise. L'idée d'une vie de couple toute simple, sans attente, me satisfaisait jusqu'alors. J'espérais simplement réussir à offrir un respect mutuel à ma promise. J'ignorais qu'aimer pouvait tout changer, tout dépasser. Aimer peut carrément projeter sur une autre planète.

Quelle que soit la femme qu'on me présentera, même si elle est belle, je sais que jamais je ne ressentirai cette extase.

Quand je vois des actrices sublimes à la télé, je me pose la question et je les compare à Emerise. Il n'y a pas photo. La différence est évidente, c'est Emerise que je désire parce que c'est elle.

Parce que son sourire, je pourrais le dévorer tellement, je l'aime.

Parce que quand elle rit, c'est carrément un jour de pluie après la sécheresse dans mon cœur.

Emerise supplante les autres et de loin, parce que je l'aime. Et je sais que je ne pourrai jamais plus éprouver ça, quelle que soit ma promise.

Je maudis le jour où nos mains se sont effleurées et qui m'expose désormais à une souffrance pour laquelle je n'ai même plus de mots. »

Le journal s'arrête là. Il n'y a pas une ligne de plus. J'ai beau tourner les pages, je ne découvre plus rien. Il n'a même pas jugé bon de griffonner quelque chose – même désagréable – au sujet de notre rencontre. Comme si je n'étais personne. Comme si je n'existais tout simplement pas dans sa vie.

Je reste là, immobile, à regarder mon splendide reflet dans le miroir juste en face de moi.

Il me faut un certain temps pour réaliser que je devine un peu la souffrance dont il parle dans son carnet. Je l'éprouve, là, tout de suite. Je ne serai jamais aimée par le garçon que j'aime et qui a déjà eu sa belle histoire.

10.

— Arvel m'a dit que tu as disparu brutalement hier, déclare Léobald, alors que nous nous tenons sur un balcon de son manoir.

La forêt déploie ses plus belles senteurs et ses couleurs les plus éthérées. Cette brume qui court sur l'eau dont le bruissement apaisant nous parvient m'hypnotise. J'ai mal dormi la nuit dernière, après avoir lâchement abandonné la partie de cache-cache afin de rentrer chez moi. Je n'ai pas supporté l'amour fou que Léobald a porté à une autre. Ensuite, j'ai passé le plus clair de la journée à comater et à penser. Je réalise qu'Emerise doit être mariée à l'heure actuelle. Léobald devrait s'en libérer. Il ne peut que se libérer d'elle. Et je dois encore, une dernière fois, tenter de l'y aider. Je m'apprête à lui faire mes excuses, prétextant une fatigue soudaine qui m'a fait quitter le manoir sans demander mon reste, mais il me devance :

— Pardonne-moi, les travaux m'ont absorbé et je ne t'ai même pas accordé une minute.

Dans cette nuit qui monte lentement, avalant peu à peu les derniers éclats du soleil, le visage de Léobald est plus clair et plus déroutant que jamais. Il a quelque chose d'irréel. Sa douceur me rend un peu d'espoir.

— J'aurais dû prévenir, c'est à moi de m'excuser, j'espère qu'Arvel ne m'a pas cherchée trop longtemps... Nous étions en plein jeu.

— À peu près deux heures.

— Oh... mince.

Un rire contenu déforme le visage de Léobald jusqu'à exploser. Je me joins à lui de bon cœur.

— Tu l'aurais vu, il m'assurait que tu étais là, quelque part, tapie dans le manoir ! Les serviteurs avaient beau lui confirmer t'avoir vue repartir, il n'en démordait pas !

Je ris, gênée d'avoir joué ce mauvais tour à ce pauvre garçon et, en même temps, hilare de voir la manière dont Léo imite si bien son petit frère.

— Je vais devoir me faire pardonner, je finis par trancher en songeant que le pauvre bougre n'y est absolument pour rien.

— Oh, ne t'en fais pas ! Personne ne tient jamais longtemps à ses parties de cache-cache, même Morgane ! Je crois qu'il est habitué.

— J'aime la manière dont tu parles d'eux, j'ajoute tandis que Léobald s'appuie sur la rambarde du balcon pour mieux respirer la forêt.

Il tourne la tête vers moi.

— Comment ça ?

— Tu les connais, tu les aimes... on dirait que tu es leur père.

Il pousse un soupir triste.

— C'est un peu le cas, avoue-t-il. Cela fait 5 ans que notre père est mort. Ils étaient beaucoup trop jeunes.

— Cinq ans ? je m'étonne. Mais le petit dernier n'a même pas 3 ans, si je ne m'abuse...

Une grimace déforme le visage de Léobald. Je sens que j'ai mis le doigt sur une situation très embarrassante pour leur famille. Toutefois, le jeune homme reprend la parole :

— En effet, Edan est mon demi-frère, avoue-t-il tristement. Deux ans après la mort de mon père, ma mère a rencontré un homme. Elle pensait qu'il l'aiderait à sortir de sa dépression. Il s'est contenté de la mettre enceinte et de disparaître dans la nature.

— Oh, c'est horrible, je commente, choquée.

— Nous avons réussi à cacher cela à la bonne société d'Eladwyne qui ignore pour le moment l'existence d'Edan. Dans quelques années, nous espérons que les gens ne penseront pas à faire le calcul. Je refuse que mon frère soit montré du doigt. Évidemment, je compte sur ta discrétion Méliannile.

— Bien sûr, je réponds aussitôt. Cette histoire n'a pas dû aider ta mère à se remettre de son deuil.

Léobald pousse un long soupir où perce son agacement.

— Elle aurait pu décider de se battre pour Edan, explique-t-il en fronçant les sourcils. Elle s'est contentée de le mettre au monde. Et elle a sombré dans une dépression plus profonde encore.

Il se tait un moment et je respecte son silence. Toute la tristesse de son journal intime pèse encore sur mes épaules.

— Ton père te manque, n'est-ce pas ? je finis par lui demander.

— Oui, avoue-t-il.

— Comment était-il ?

— Il me ressemblait, me répond Léobald. Je veux dire, physiquement. Pour le reste, c'était un homme exceptionnel, plein de bonté et de courage.

— Alors, tu lui ressembles bien plus que tu ne le crois.

Il secoue la tête, comme s'il réfutait cet argument, j'ajoute :

— Il serait fier de toi. Tu es le meilleur grand frère que l'on puisse rêver.

Léobald semble touché par ma sincérité. Cette fois, je n'essaye pas de le charmer, de lui prouver quoique ce soit. Je suis simplement encore émue par ses confidences et surtout par les mots que j'ai lus. Et par la réalité. Je voudrais qu'il m'aime. Je voudrais qu'il m'aime encore. Mais alors que nos regards se croisent, alors que j'ai l'impression de voir cette douce intimité se créer à nouveau entre nous, il détourne les yeux. Et maintenant, je réalise à quel point je ne suis pas *son Emerise*.

Nous écoutons les murmures des arbres et des animaux nocturnes qui prennent place pendant un moment et j'ose prononcer ces mots que j'ai découverts sur internet durant la journée en faisant des recherches sur ce poète qu'Emerise a cité :

« *Je ne demande pas qu'on m'explique la nuit. Je l'attends et elle m'enveloppe. Et tu es comme le pain, la lumière et l'ombre* »

Léobald m'écoute sans bouger puis son regard éclairé de l'intérieur finit par rencontrer le mien. Je sais qu'il a aimé. Je sais que je l'ai touché. Et peut-être que cette phrase pourra lui inspirer un baiser. Il s'avance presque vers moi. Et j'attends. Mais il se fige et son expression se durcit :

— Méliannile, est-ce que tu as lu mon journal intime ?

Léo ne se met jamais en colère mais là, je sens qu'il s'enflamme et je n'aime pas ça. Pourtant, il m'est impossible de lui mentir.

— Oui.

Il recule d'un pas, excédé.

— Qu'est-ce que tu ne comprends pas dans le mot intime ? me demande-t-il.

— Pardonne-moi...

— C'est donc pour ça que tu as disparu si longtemps hier avant de partir... Et aussi pour cette raison que tu me parles de mon père et que maintenant tu cites Pablo Neruda ?

— Peut-être bien...

Il s'écarte encore de moi, visiblement en pétard. Je ne sais comment rattraper la situation.

— Si tu avais des questions à me poser, tu n'avais qu'à le faire ! s'énerve-t-il. Mais lire mon journal ! Je ne supporte pas cette idée ! Je n'ai jamais autorisé qui que ce soit à le lire !

— Tu as tort, tu es doué.

— Tu n'avais pas le droit !

Il hausse le ton, me fusille du regard. Alors, c'est ma colère qui monte tout à coup. Elle est comme une bouée de sauvetage dans cette mer de tristesse où je me trouve, et que je commence à ne plus supporter.

— Et pourquoi ? Tu n'es pas un enfant ! Je l'ai lu et alors ?

— Peu importe l'âge, on ne lit pas le journal de quelqu'un. On ne pénètre pas dans ce qu'il a de plus intime ! Ce n'est pas honnête ! C'est quelque chose que tu devrais savoir, mais on est bien trop différents !

Je ne supporte pas quand il remet notre différence sur le tapis.

— Évidemment, *elle* l'aurait compris, *elle*, *Emerise* !

Le visage de Léobald se décompose.

— Ne me parle pas d'elle.

— Pourquoi ? Parce que je ne lui arrive pas à la cheville ?

— Je n'ai pas dit ça !

— Alors quoi ?

J'ai presque crié. Les enfants, qui sont en train d'être emmenés au lit par leur nourrice, nous ont peut-être entendus. Je sens pourtant la rage de cette romance à sens unique m'embraser brutalement.

— J'ai tout fait pour toi ! je m'empresse d'ajouter avec colère. Depuis notre rencontre, je n'ai pas cessé de faire des efforts. J'ai même joué avec ces gamins pendant des heures !

— C'est tout ce qu'ils sont pour toi ? Un moyen de me manipuler ? s'étonne-t-il, écœuré.

— J'ai même appris un poème ! je réalise, scandalisée par le pouvoir qu'il a eu sur moi, Méliannile, celle qui ne pliait devant personne !

— Et la poésie, c'est juste une façon de m'atteindre ? répond Léobald, choqué. Comment peux-tu espérer me toucher, alors que toi, rien ne te touche !

Je me sens atteinte en plein cœur.

— RIEN NE ME TOUCHE ? Mais pourquoi suis-je là à ton avis ? Pourquoi je suis ENCORE là ?

Je suis en rage.

Il baisse les yeux. Il a très bien compris mes sentiments. Sentiments qu'il ne partage pas.

— Et je te trouve vraiment culotté de me reprocher d'être malhonnête ! je lui lance. Alors que tu ne m'as jamais parlé d'elle ! J'aurais dû être au courant pour Emerise. Elle fait partie de ta vie et elle est la vraie raison pour laquelle ton cœur est inaccessible. J'aurais dû être au courant !

Il n'ose toujours pas me regarder, toutefois il me répond :

— Je ne pouvais pas te parler d'elle, parce que c'est quelque chose que j'aurais voulu ne jamais vivre... Je souhaitais simplement l'oublier.

— Mais tu n'y arrives pas, n'est-ce pas ?

J'obtiens un silence empli de douleur pour toute réponse. Je plonge mon visage dans mes mains, enragée de sentir toute cette souffrance dans mon cœur.

— Moi aussi, j'aurais voulu ne jamais te connaître, je murmure.

— Peut-être... peut-être qu'on devrait tout arrêter, suggère Léobald.

Je pousse un long soupir et me retiens au balcon pour ne pas sombrer.

Il a raison.

Il s'approche doucement de moi et pose une main hésitante sur mon épaule.

— Mélia, pardonne-moi... Toi et moi, nous ne nous faisons que du mal...

Je sens les larmes couler mais je les retiens avec toute la force de mon orgueil.

Je ne saurais même plus le regarder. Je détourne la tête et je réponds simplement « *oui* ».

Puis je pars.

11.

La voiture est masquée par une haie de buissons épaissis par les agréments de cet été généreux en lumière et en pluie. Entre les feuillages, je vois pourtant aisément la jeune femme qui pend le linge. Elle a de longs cheveux châtain clair, un marron tendre qui tire vers le roux. Sa silhouette est tout en finesse. Avec mes jumelles, je peux mieux analyser son visage. Elle a la fraîcheur des pommes d'automne qui ne demandent qu'à être cueillies. Elle semble douce, gentille et, d'après le travail basique qu'elle fait, je vois qu'elle ne rechigne à aucune tâche pour aider les siens. En fait, je lui trouve une certaine ressemblance avec Hermia.

C'est Emerise.

Je baisse les yeux et pousse un long soupir.

J'ai passé quelques jours à souffrir, à résister, à lutter contre ma douleur et, parfois, à espérer que Léobald regrette sa proposition. Puis j'ai réalisé qu'il était si généreux qu'il préférait sacrifier la seule opportunité de sauver les siens de la misère plutôt que de me faire souffrir davantage.

Je l'aime.

Je dois bien avouer que je l'ai aimé à l'instant même où je l'ai rencontré. Et je dois aussi accepter qu'il ne m'aimera jamais. Je n'ai eu besoin de personne pour le saisir. J'aurais pu lutter davantage, j'aurais pu m'accrocher, trouver d'autres manières de le manipuler. Seulement, mes sentiments me dévorent d'une manière qui m'empêche de m'exposer davantage à la situation.

Je dois laisser Léobald derrière moi. Même si ça me détruit au passage.

Dans le gouffre où je comatais ces derniers jours, j'ai tout de même trouvé la force d'envoyer un serviteur enquêter sur Emerise. Il m'a juré l'avoir retrouvée et qu'elle n'était pas encore mariée – simplement fiancée.

Voilà probablement la raison pour laquelle Léobald ne parvient pas à passer à autre chose. Comment pourrait-il en aimer une autre alors que son premier amour est encore disponible ?

J'ai alors ressenti le besoin d'espionner cette jeune femme. Je devais savoir en quoi et pourquoi il l'aimait de cette manière. Elle a tout de la délicieuse épouse qui serait le parfait équivalent de Léobald. En la découvrant, j'ai brièvement eu envie de la tuer. Mais un sursaut d'espoir, l'envie de rendre sa liberté à mon cœur, m'ont fait voir les choses autrement, et je suis sûre que ma décision de cette nuit est la bonne.

En effet, une illumination m'a réveillée aux premières heures du jour ce matin et j'ai écrit une lettre à Léobald qui m'a libérée. En voyant Emerise, si libre et si seule, je sais combien j'ai eu raison...

Quoi qu'il en soit, je ne me reconnais plus. J'ai voulu faire semblant de changer pour me faire aimer. Dans la manœuvre, je me suis simplement mise à aimer plus fort, plus ardemment que jamais, et terriblement pas réciproquement...

C'est la première fois.

J'ai si mal que je pourrais mourir. M'éteindre comme la mère de Léobald, en léthargie dans ses appartements depuis la mort de son mari et le départ de son amant.

Mais je suis plus forte que cela.

Je suis Méliannile de Vilmont.

Je relève la tête. Et même s'il faudra un peu de temps, la Méliannile que rien n'atteignait reviendra.

De retour à la maison, mes parents, qui font les cent pas dans le grand salon, m'attendent.

— Est-ce que c'est vrai ? me demande ma mère, soucieuse.

— Quoi donc ?

— On ne voit plus Léobald et tu ne vas plus chez lui depuis quelques jours, s'empresse-t-elle d'ajouter. Ton père pense que vous avez rompu.

Je jette un regard à ce dernier. Mon père est un grand brun ténébreux dont je tiens toute ma prestance. À cinquante ans, il n'a pas perdu sa beauté et son charme n'a fait que se décupler. Cependant, la ride soucieuse qui barre son visage, un peu durci par les années et par ce caractère naturellement implacable, n'est pas de bon augure. Il n'aime pas la situation. Je ne comprends pas pourquoi cette alliance leur est aussi précieuse. Après tout, nous sommes extrêmement riches et vivons très bien comme cela… Nous grandir en nous alliant à une famille ancestrale ne pourra pas nous enrichir tellement plus. Alors j'avoue :

— Oui, c'est terminé. Nous ne pourrons pas nous marier.

— Mais enfin, pourquoi ? s'étonne ma mère complètement dépassée.

Je secoue la tête, je reste digne et belle, comme j'ai toujours appris à l'être.

— Parce qu'il ne m'aime pas, je me contente de répondre.

— Comment ça, il ne t'aime pas ? ajoute ma mère. Mais enfin, il a besoin de cette alliance et nous aussi. C'est déjà convenu avec son clan familial. Je ne comprends pas.

Je m'approche de l'escalier sans chercher à argumenter. J'ai trop mal. Et je ne veux montrer à personne le spectacle de mes larmes.

Mon père me barre le chemin. Je croise son regard. Sa dureté me fait mal, elle aussi. Mais il ouvre ses bras et, contre toute attente, me serre contre lui. Je me laisse envelopper par sa chaleur et son amour, et ferme les yeux.

— Laisse-la, Élisa, lance mon père à l'intention de ma mère. Nous trouverons une autre alliance.

— Mais... tu sais que...

Il doit sûrement lui adresser l'un de ses regards sans appel dont il a le secret, car elle se tait brutalement.

Je me sens bien dans les bras de mon père. Il a souvent été distant, ou strict, mais ne m'a jamais privée de compliments et d'encouragements. Il a toujours été fier de moi. Et je sais que, malgré ce premier chagrin d'amour, il m'aime encore, si ce n'est plus. L'assurance de cet amour sans condition me fait un bien fou et me nettoie un peu le cœur. Lui m'aimera toujours, et cela, rien ni personne ne pourra le changer. Il m'aime au point, pour une fois, de faire passer ses intérêts après moi.

— Une surprise t'attend dans ta chambre, ajoute-t-il.

Je m'écarte de mon père pour le contempler. Voilà plusieurs jours que je le pensais distant et tellement concentré sur ses affaires qu'il ne verrait rien de mon émoi. Pourtant, il sait depuis longtemps. J'essuie brièvement mes yeux humides.

— Qu'est-ce que c'est ?

— Va ! m'autorise-t-il avec son autorité naturelle.

Je le quitte et grimpe l'escalier à toute vitesse. J'ouvre la porte et découvre Hermia, assise sur mon lit avec, entre les mains, la lettre que j'ai adressée à Léobald. La joie de retrouver ma sœur, qui n'aurait pas dû être de retour avant plusieurs semaines, s'éteint à l'idée que je vais devoir m'expliquer. Elle me regarde, déroutée.

— Qu'est-ce ça veut dire ?

Je m'assois à côté d'elle et la prends dans mes bras.

Surprise, elle laisse tomber la missive et me serre longuement.

— Est-ce que tu m'aimes ? je lui demande.

— Bien sûr, je t'aimerai éternellement, Mélia, me répond-elle avec une assurance, presque outrée que j'ose en douter.

Je la tiens plus fort encore contre moi.

— Raconte-moi, s'il te plaît, me prie-t-elle.

Je lui livre mes derniers espoirs et mes dernières erreurs avec Léobald. Elle me montre la lettre que j'ai écrite d'instinct, en me réveillant la nuit, comme la certitude que cette action serait la clef pour me libérer :

« Léobald,

Au cas où tu l'ignorerais, sache qu'Emerise n'est pas encore mariée. Je pense qu'il serait cruel de gâcher un amour comme le vôtre. Tu trouveras ci-joint un chèque qui te permettra de sauver ton manoir et ta famille. N'aie aucune crainte, ma fortune personnelle n'en souffrira pas. Je pense que c'est la seule manière de donner du sens à tout ce qui nous a rapprochés. Et c'est aussi en raison de la tendresse que je porte à Arvel, Morgane et Edan.

Sois heureux.

Ton amie.

Méliannile. »

— Pourquoi ? se contente de demander Hermia.

— Parce que, contre toute attente, je suis vraiment devenue gentille ? je lui suggère avec un sourire.

Hermia ne sourit pas.

— C'est au-delà de la gentillesse, Mélia…, murmure-t-elle avec admiration.

— Tu as raison, ce n'est pas de la gentillesse, je corrige lentement. Je crois que c'est simplement de l'amour.

Ma tristesse me ferait pleurer. Seulement, un immense sourire remplit les joues de ma sœur et finalement, elle se met même à rire. Je m'en étonne, un tantinet vexée.

— Heu, j'ai raté quelque chose ?

Elle se calme enfin et me répond, le visage apaisé par son hilarité toute récente :

— Non, c'est juste que je ne croyais pas te voir réellement amoureuse un jour, Méliannile…

— J'aurais voulu que ce soit réciproque, je lui réponds agacée et triste, plutôt que de connaître ça…

— N'en sois pas si sûre, les amours non partagés sont ceux qui nous apprennent le plus de choses.

— J'ai un peu de mal à te croire...

— Mélia, si tu survis à ça – et nous savons très bien que tu y survivras – tu pourras tout dépasser. Tu ne seras pas seulement la fille la plus brillante qui soit, tu seras aussi la plus généreuse et la plus résiliente que je connaisse.

— Merci mais...

— Je n'ai pas fini, me coupe-t-elle, presque aussi impérieuse que notre père. Et l'homme qui le remarquera et qui t'épousera sera le plus chanceux de l'univers ! Cette histoire ne t'a pas changée, mais révélée. Elle t'a fait grandir en générosité et en humilité. Je suis très fière de toi.

12.

Le retour de ma sœur a le mérite de me conférer une certaine sérénité. J'en suis d'autant plus touchée lorsque j'apprends que c'est mon père qui l'a convaincue.

— Je te remercie, je finis par lui dire alors que nous profitons du soleil dans le parc, étendues toutes les deux sur une épaisse couverture.

Hermia, qui observe les nuages avec plaisir, tourne la tête vers moi. Ses grands yeux marron me sourient avant ses lèvres. Sa peau est si pâle qu'il serait difficile à un étranger de deviner qu'elle est ma sœur.

— Être revenue pour moi ce week-end, c'est adorable, je poursuis. Je sais que ce voyage va te fatiguer, c'est vraiment une très belle attention.

— À vrai dire, je ne suis pas sûre de repartir, m'avoue-t-elle.

— Comment ça ?

— Je suis trop faible, je suis à la ramasse dans toutes les matières... Même au piano, c'est pour dire...

Je vois les fines veines sous sa peau palpiter et je devine combien ce doit être dur pour elle. Même si son opération du cœur fut autrefois un succès, elle n'a pas l'endurance d'une personne normale. Son énergie se fane très vite. C'est dommage, car elle est une danseuse exceptionnelle. Il y a une grâce en elle que je n'ai remarquée chez personne.

Elle m'adresse un sourire un peu triste.

— Ne t'en fais pas pour moi, Mélia. Il y a tout un tas de choses que je peux faire. Mais je crois que je ne retournerai pas là-bas.

Il m'est difficile de cacher mon sourire et, bien sûr, elle le remarque.

— C'est bon, tu as le droit de te réjouir ! soupire-t-elle.

J'éclate de rire et je la prends dans mes bras.

— Tu vas voir, on va s'éclater toutes les deux ! je lui assure.

Elle se laisse gagner par ma joie.

— Et rien ne m'empêchera de poursuivre ton entraînement, je lui fais remarquer. Seulement, on fera cela à ton rythme et pas à celui de cette bande de prétentieux !

— Si tu veux, m'accorde-t-elle sans vraiment y croire.

Je vois qu'elle est triste mais que ma présence et mes promesses lui font du bien. Après tout, nous sommes riches, hériterons de ce grand manoir et je nous vois tout à coup vivre ici pour toujours. Je lui prends le bras et l'invite à se promener avec moi, dans ce parc immense dont l'herbe touffue est caressée par les branches de nos saules pleureurs. En marchant, ce sont dans nos souvenirs d'enfance que je promène également Hermia. J'espère qu'elle s'en rend compte. Je sais qu'elle aime notre jardin encore plus que moi.

Même si Léobald me manque et que la tristesse m'emplit parfois de son aigreur, ces jours auprès de ma sœur me rendent l'espoir. Je me sens aimée et je m'emploie à lui faire sentir mon amour. Après tout, n'est-ce pas simplement d'amour dont me prive Léobald ? Et l'amour d'un proche ne peut-il pas être aussi fort et nous combler ?

Je n'en veux pas à Léobald. Il a raison.

S'il s'obligeait à m'offrir ce que son cœur ne peut me donner, cela pourrait nous détruire tous les deux. Il se fanerait à force de déception. Et je serais emplie de rancœur à force de ne pas être aimée à ma juste valeur. Au final, nous n'apprendrions pas à nous aimer mais à nous haïr. Il a pris la bonne décision et moi aussi. Je voudrais simplement guérir plus vite, cesser de rêver de lui, empêcher mon esprit de s'accrocher, de s'énerver et de s'attrister.

Je lui ai envoyé la lettre. Cet acte m'a libérée d'un poids. Je sais qu'il pourrait s'en vexer mais Léobald est d'une humilité capable de faire passer sa fratrie avant son ego. J'ose espérer qu'il saura accepter ce don que je lui fais pour préserver ce bijou de notre patrimoine qu'est ce magnifique château où il vit. Je serais ravie de voir des travaux se réaliser dans ce lieu qui, en parfait état, pourrait rayonner d'une splendeur peu commune. Je me sens un peu nostalgique en réalisant que je ne mettrai probablement jamais plus les pieds dans cet endroit. Et les enfants, Arvel, Morgane et même le petit Edan, me manquent un peu.

***

— Ça fait un moment que je ne vois plus le *Lowyne* tourner autour de ta maison.

Luke est entré dans ma chambre comme autrefois. Quelque part, je m'attendais à ce qu'il revienne. Je ne suis donc pas surprise. Ce grand jeune homme extrêmement bien bâti me rappelle un passé où je me sentais toujours légère. Tout était facile et j'avais le pouvoir sur chaque aspect de mon existence. Du moins, je croyais qu'il en était ainsi. Mais il y avait une part de moi à laquelle je n'avais pas accès. La plus profonde de mon être. Je l'ai découverte dans la souffrance, mais je veux croire que cela s'arrangera avec le temps. Hermia m'y aide.

Je porte aujourd'hui une délicate robe en soie, sur laquelle mes cheveux de jais se déploient en une masse douce et harmonieuse. Je suis toujours aussi belle, parfaite, et la tristesse a offert à mon visage un *quelque chose* d'émouvant, un plus qui n'est pas pour me déplaire.

Luke doit s'en apercevoir car, à peine a-t-il pénétré dans la chambre, qu'il s'approche et me saisit dans ses bras. Cette étreinte est celle d'un ami. Il voit ma douleur. J'ai envie de fondre contre lui et d'oublier tout ce que j'ai vécu ces dernières semaines. J'ai envie de redevenir l'être qui survolait tout. Pourtant, je sais que ça ne sera plus jamais possible. J'ai changé. Je ne suis pas devenue gentille, je suis devenue adulte, dans la douleur comme dans la joie, dans la bonté comme dans l'aigreur. Je suis moi-même désormais.

— Tu m'as manqué, murmure Luke en se reculant tout en gardant ses mains autour de mes épaules.

Il m'observe un long moment, m'étudie. Je ne sais pas si j'ai aimé Luke, ou si j'éprouve quelque chose pour lui, mais sa compagnie m'apaise un peu. Peut-être est-ce de me savoir aimée de lui, car cela ne fait aucun doute.

— Épouse-moi, suggère-t-il.

Je l'observe avec surprise. Apparemment, il a compris que j'avais rompu avec Léobald.

— Je te rendrai heureuse, assure-t-il.

Je me dégage de son emprise et de cette tentation. Je ne demande qu'à être consolée. Mais je sais bien que c'est un piège dans lequel mon âme ne doit pas tomber maintenant. Je ne suis pas en état de prendre ce genre de décision. De plus, lui ne peut me promettre ce qu'il a déjà promis à une autre.

— Tu es fiancé ! je lui fais remarquer avec agacement.

— Je t'aime, ajoute-t-il.

Je me détourne car ces mots me font frissonner. Il continue dans mon dos :

— Et tu le sais très bien, Mélia. D'ailleurs, toi aussi tu m'aimes.

— Et ta fiancée ? je répète en me retournant vers lui à nouveau. Tu te rends compte de ce que tu fais au moins ?

Il fait un pas vers moi, pour m'étourdir à nouveau de cette attraction qu'il a toujours exercée sur moi. Cela dit, sa présence n'a plus autant d'effets sur moi. C'est comme si je le voyais à travers une vitre brouillée. Je ne suis plus aussi sensible à ses charmes. Ou même au reste du monde. C'est sûrement l'un des symptômes d'un cœur brisé. Je découvre peut-être ce que j'ai provoqué mille fois à d'autres...

— Un mot de toi et je la quitte ! déclare Luke.

Je secoue la tête.

— C'est précisément pour ça que je ne peux pas être avec toi, je lui réponds avec un effort de douceur. Luke, ce n'est pas honnête pour elle !

— Ce que je ressens pour toi est parfaitement honnête.

— Alors tu ferais mieux de quitter cette pauvre fille. Si tu es capable d'en aimer une autre, c'est que tu ne seras jamais capable de la combler. Quitte-la ! Mais ne le fais pas pour moi. Mon cœur n'est plus à prendre en ce moment. Fais-le pour elle et pour toi, mais pas pour moi.

— Comment ça, ton cœur n'est plus à prendre ?

— Je ne souhaite plus me marier.

Il accuse le coup avec étonnement. Puis il demande :

— Et tes parents ?

— Me laisseront libre de mes choix, je l'espère.

— J'en doute, intervient-il. Ils auront de toute façon besoin d'un héritier.

— Alors ce sera Hermia qui le leur donnera.

Luke s'approche de moi.

— Mais qu'est-ce que ce type t'a fait ? me demande-t-il en posant ses mains sur mes épaules à nouveau.

— Il m'a fait grandir, je lui réponds courageusement en plongeant mes yeux dans les siens.

— Et moi, je peux t'aimer, n'est-ce pas mieux ?

— Comment s'appelle ta fiancée ? je lui demande.

Il soupire et me répond :

— Amelia.

J'ai eu peur un instant que ce soit Emerise, mais non...

— Alors, libère Amelia, et libère-toi aussi de moi, Luke. C'est mon conseil.

13.

Je ne sais pas si Luke a su se libérer de ses sentiments, mais lui avoir parlé comme je l'ai fait m'a fait un bien fou ! Je ne voulais pas lui imposer la même souffrance que m'a causée Léobald à force d'attentes déçues.

Je me sens belle ce matin. De l'intérieur avant toute chose. Je revêts ma tenue de sport et pars dans ma salle personnelle. Je consacre plusieurs heures à m'entraîner, à rouler, sauter, m'élancer, puis je termine, transpirante, le sang chaud et les joues rouges, par quelques étirements. Je me sens mieux. Je sais qu'il y aura encore des hauts et des bas. Alors je savoure ce « haut ».

Je prends une bonne douche dans la salle de bains attenante à ma salle de sport et décide de m'accorder un moment dans mon jacuzzi. Je n'ai pas vu Hermia ce matin. Elle aime faire la grasse matinée depuis son retour à la maison. Elle menait une vie éreintante dans son école, elle peut enfin récupérer. Elle a aussi, de ce fait, un deuil à mener. J'espère que nous guérirons ensemble. Et avec le sang bien oxygéné par tout ce sport, ou cette impression de n'avoir aucune limite grâce à ma souplesse, je suis sûre, en cet instant, que nous y parviendrons.

En sortant du bain à remous, qui m'a détendue à souhait, je revêts un fin peignoir et relâche mes boucles brunes qui cascadent dans mon dos. Je dois emprunter plusieurs couloirs et escaliers avant de regagner ma chambre. Je me dirige d'un pas paisible et un peu endormi vers mon dressing pour y prendre une nouvelle tenue avant de remarquer qu'il y a quelque chose sur mon énorme lit blanc.

Un cahier à la couverture légèrement élimée.

C'est le journal intime de Léobald.

J'ouvre de grands yeux en m'avançant vers celui-ci. Je regarde autour de moi en resserrant les pans de mon peignoir, craignant que quelqu'un ne m'espionne.

Je fais un pas et n'ose même pas toucher l'objet. Que fait-il ici ?

Je suis pourtant comme hypnotisée par lui.

Comme dans un rêve, je m'installe sur mon lit et, avec une certaine gêne, je prends le journal. Je me souviens du sentiment de trahison que Léobald a éprouvé lorsque j'ai lu ce même cahier à son insu. Ce qui s'ajoute à mon hésitation. Puis, je me rappelle que le garçon m'a libérée de notre histoire impossible. Il doit être probablement dans les bras d'Emerise à l'heure actuelle.

Toute ma bonne humeur fond littéralement et la douleur me crispe le cœur tandis que je tourne ces mêmes pages que j'ai découvertes avec horreur, il y a quelques jours.

— Tu peux lire, déclare Hermia en posant une main sur mon épaule.

Je ne l'ai même pas entendue arriver.

— C'est toi qui... ?

— Lis, la dernière page, tu comprendras, me coupe-t-elle.

Je suis un peu perdue, comment et pourquoi Hermia a-t-elle subtilisé ce journal ? Pour quelle raison m'imposer ce calvaire ? Pense-t-elle que ça m'aidera à me sentir tout à fait libérée ?

— Fais-moi confiance, ajoute-t-elle, très sûre d'elle.

Elle embrasse le sommet de mon front et quitte ma chambre pour me laisser seule avec cette décision.

Ma sœur me connaît.

Je décide donc de lui faire entièrement confiance et commence ma lecture. De nouvelles pages ont été noircies par l'écriture fine du jeune homme. Elles datent de la veille. Mon cœur bat vite et mes yeux s'embrument dès que je parcours les premiers mots, mais la puissance de mon affection pour Léobald m'empêche de m'extirper du texte. C'est horrible d'aimer.

« Je pourrais la revoir. Je pourrais revoir Emerise et même lui promettre la vie dont je rêvais pour nous deux.

Hier, j'ai reçu une lettre qui m'a offert cette possibilité et m'a fait tomber des nues. Ma promise, Méliannile, celle que mon clan familial m'a choisie, a décidé de me libérer de tous mes engagements en m'offrant un don qui pourrait sauver ma famille, notre manoir et permettre le mariage que je désirais.

Cela a immédiatement gonflé mon cœur d'une chaleur nouvelle. J'ai songé à Emerise et j'ai revu son visage. J'ai senti l'espoir et la joie se frayer un passage dans mon cœur.

J'ai immédiatement pensé à refuser. Puis j'ai été séduit par l'idée, par l'offre de Méliannile qui dépassait tout ce que j'aurais pu espérer. J'ai songé à mes frères et à ma sœur dont cette opportunité sauverait l'avenir. J'ai passé une nuit blanche à tourner et retourner dans mon esprit cette idée.

J'ai rêvé de Méliannile. Cette jeune femme est tout le contraire d'Emerise. Autant cette dernière est faite de douceur et de délicatesse, autant Méliannile semble avoir été tissée dans la force et l'élégance. Pourtant, je ne peux nier que son visage est probablement l'un des plus beaux au monde. La première fois que j'ai posé les yeux sur elle, j'ai été surpris : je n'avais jamais vu des traits si fins, si souverains, si éblouissants. Malheureusement, son regard hautain a rapidement effacé toute trace de mon intérêt pour elle.

Emerise est devenue le rêve sacré et inatteignable de mes jours maudits.

Mais Méliannile vient de m'offrir Emerise.

Au petit matin, le souvenir de ma joie auprès d'Emerise hantait mon esprit, ainsi que toutes nos promesses avortées. Alors, je me suis jeté sur mes jambes et j'ai décidé de la retrouver. Peu importe ma gêne d'accepter l'offre bien trop généreuse de Méliannile, peu importe le reste. J'ai voulu retrouver ce sentiment d'amour fou. J'ai voulu être à nouveau le jeune amoureux. J'ai pris la voiture, je me suis dirigé vers le manoir d'Emerise.

Durant toute la route, je me remémorais nos échanges. Nos baisers, nos premiers mots et les derniers. Son sourire immense. Mais à chaque fois, se superposait ce que j'ai vécu avec Méliannile. Et plus je me rapprochais de chez Emerise et plus mon cœur me faisait mal. Comme si je le trahissais. Une fois garé devant chez elle, j'étais incapable de quitter la voiture.

Il y avait ce visage qui ne quittait pas mon esprit et qui n'avait pas quitté mes songes durant la nuit. Il y avait ce rire incroyable, fait de grâce, de naturel et de confiance. Il y avait ces mains d'une extrême délicatesse qui savent autant porter un corps pour l'aider à défier les lois de la gravité, que jouer avec passion du piano ou prodiguer une douce caresse aux cheveux d'un enfant.

Il y avait toi.

Méliannile.

Tu étais partout dans mon esprit et surtout dans mon cœur.

Alors que j'étais tout près d'Emerise, si près que j'allais enfin pouvoir lui parler, après des mois à avoir tâché de l'oublier, il n'y avait plus que toi.

Mélia, je t'en ai voulu quand tu as lu mon journal mais aujourd'hui, j'espère que tu liras ces lignes.

Je te demande pardon. Emerise et moi, c'est vrai, c'était un bel amour. Mais nous ne nous sommes pas battus. Nous n'avons pas cherché d'excuses pour continuer de nous aimer. Nous avons décidé de laisser la rudesse de la vie nous séparer.

Toi, par contre, dès l'instant où tu m'as rencontré, tu n'as pas cessé de te battre pour moi. Même quand tu as compris, que d'une manière ou d'une autre, mon cœur se fermerait à toi, tu as continué, malgré la souffrance. Et, quand nous avons décidé de nous quitter, tu as continué de te battre pour cet amour en m'offrant le loisir de vivre ce dont je rêvais.

Emerise était un rêve. Un doux rêve dans lequel je me suis abîmé pendant trop longtemps.

Toi, tu es réelle. Tu l'as été dès l'instant où j'ai posé les yeux sur toi, sauf que je refusais de te regarder véritablement. Je pense que j'y étais même résolu avant de te rencontrer.

L'idée de retrouver Emerise m'a déchiré le cœur. Car cela signifiait que je renoncerais à toi pour toujours. Et cette idée m'est insupportable.

Je n'ai donc pas quitté ma voiture, j'ai démarré le moteur. Je crois vaguement avoir aperçu

Emerise, à sa fenêtre, mais je suis parti, pour ne pas croiser son regard. Elle est un amour dont je ne veux plus.

Ces dernières semaines, je n'ai fait que m'employer à te résister. À me fermer pour ne plus jamais souffrir. Mais c'est devenu plus douloureux que de respirer. Cet argent, je n'en veux pas. C'est toi que je veux.

Les rares moments de joie, que j'ai pu vivre ces derniers mois, n'étaient qu'en ta présence. Tu as fissuré le rempart que j'avais bâti autour de mon cœur. Par ton sourire, par ton culot, par ta franchise et par ta beauté.

Tu es la personne la plus belle et la plus incroyable qui soit.

Je ne sais pas si tu m'accorderas le bonheur d'avoir une place dans ta vie, après tout ce que je t'ai fait endurer.

Je veux simplement que tu saches Méliannile, que je t'aime. Sûrement t'ai-je aimée dès le premier instant. Mais c'était plus facile de le nier, de m'accrocher au passé, afin de me protéger de cet état vulnérable dans lequel je me trouve désormais.

Je t'aime. Je te demande pardon. »

Je pleure en lisant ces lignes, secouée, soulagée, terrorisée à l'idée d'avoir mal saisi et d'oser espérer que tout ceci soit vrai.

Je lève les yeux vers la personne qui se tient dans l'embrasure de la porte. Ce n'est plus

Hermia. Elle a disparu pour laisser place à Léobald. Il m'a sûrement regardée terminer cette lecture, sans même que je m'en aperçoive. Je suis effondrée et heureuse en même temps. Puis-je seulement y croire ?

Le regard qu'il m'adresse est rempli de tendresse. Ses joues sont rouges du malaise qu'il éprouve à savoir que j'ai lu sa déclaration. Son sourire est vrai. Je me lève et fais quelques pas pour me lancer dans ses bras, il me serre contre lui fortement, comme terrifié à l'idée de me relâcher. Je sens les larmes couler à flots sur mes joues. Et moi qui m'ingéniais à guérir de lui ! Léobald me relâche légèrement, entoure ma taille de ses mains et me regarde avec intensité. Il essuie mes larmes.

— Pardonne-moi, murmure-t-il.

Pour toute réponse, je m'approche et l'embrasse.

J'entoure sa nuque de mes bras et mets dans ce baiser toute la douleur qui habite mon cœur, le désastre qu'il a laissé derrière lui en me rejetant et l'amour fou, intarissable, que je lui porte depuis la première seconde.

Brutalement, je sens que la peur s'efface, mon orgueil aussi. Je me sens tout à coup plus riche que je ne l'ai jamais été, d'une richesse qui n'a rien de matériel.

Je me sens infinie. Chacun de ses gestes et la brûlure de son contact me remplissent de félicité.

Léobald ne se lasse pas de m'embrasser. L'intensité de notre premier baiser est de retour, mais décuplée. Cette fois, il semble vouloir rattraper le temps perdu à m'avoir résisté. Entre ses mains, j'ai l'impression d'être ce qui compte le plus sur cette Terre. Il semble s'alimenter à mon souffle et à mon bonheur. Je voudrais que le temps s'arrête, je voudrais l'aimer pour toujours.

14.

Léobald et moi nous réfugions dans une étreinte pour achever ce baiser ardent qui nous a enfin permis de nous retrouver. Il y avait toujours dans le regard de Léobald, une sorte d'admiration contenue, dont je devinais l'ombre et qu'il s'empressait de feindre par un sourire de circonstance ou une parole sans rapport, lorsque je la remarquais. Aujourd'hui, cette admiration a éclaté. Elle se lit dans ses yeux bleus magnifiques et renversants, qu'il pose sur moi sans cacher son émoi.

— Pardonne-moi, murmure-t-il. Pardonne-moi d'avoir été un terrible crétin depuis notre rencontre.

— Ce n'est pas ce que j'ai pensé, je lui dis doucement. Enfin, pas toujours...

Il rit et je sens son rire secouer son corps auquel je suis collée. J'adore être proche de lui.

— Pardonne-moi d'avoir accepté du bout des lèvres tous ces efforts que tu as faits pour me plaire et de m'être renfermé à la moindre occasion, continue-t-il, très sincère.

— Tu as parfois été une vraie diva, c'est vrai ! je confirme, amusée.

Nous rions tous les deux. Puis il reprend son explication :

— Tu sais, j'ai adoré quand tu as joué du piano, parce que, pendant l'espace de quelques secondes, tu n'étais pas dans un rôle. Tu as tout oublié et tu as laissé l'art t'emporter. Tu étais renversante de beauté et touchante de profondeur. J'ai voulu me fermer à ça car j'avais inconsciemment très peur de souffrir. J'espère que tu peux me pardonner.

— Oui, bien sûr que je te pardonne Léobald, je lui dis simplement. Arrête de me demander pardon. Je ne me suis jamais sentie aussi heureuse.

Son sourire s'élargit.

— Et si on se fiançait ? propose-t-il. Enfin, si tu le souhaites toujours. On peut prendre plus notre temps...

Je l'arrête tout de suite :

— Faisons-le ce soir !

— Ce soir ?

— Oui, juste avec nos proches... Toi et moi et ceux que nous aimons, ce sera parfait.

— Très bien, fait-il.

Et je sais combien il est touché par ce geste. Ma famille rêve de ce mariage pour s'afficher avec un clan ancestral devant la haute société. Le fait que je veuille célébrer nos fiançailles dans l'intimité montre que je n'ai que faire de ces histoires. C'est lui que j'aime, pas son nom. Même si ce geste est inutile, je pense qu'il a saisi depuis longtemps ma sincérité...

— Je peux entrer ?

Hermia pointe le bout de son nez par la porte.

— Bien sûr, répond Léobald, enchanté. Ta sœur m'a aidé. Elle est venue ce matin chez moi... Disons qu'elle voulait surtout me passer un savon.

Je regarde ma petite sœur avec étonnement. Ma douce Hermia a aussi son caractère... !

Elle prend une mine faussement coupable.

— Elle ne me laissait pas en placer une, tellement elle était en colère, poursuit Léobald. Cela dit, tout ce qu'elle disait était vrai.

— Alors, la petite Morgane est arrivée, intervient Hermia. Elle avait le journal de Léobald dans les mains. Elle m'a dit « *Léobald aime Mélia, il l'a écrit ici !* »

Léobald lève les yeux au ciel.

— De toute évidence, tout le monde se passe de mon autorisation pour lire mon journal !

— Alors j'ai lu, m'explique Hermia.

— C'est ce que je disais... ajoute Léobald.

— Et j'ai compris qu'il fallait à tout prix que tu voies ça, Mélia. J'ai proposé à Léobald que nous organisions cette surprise.

— Vous êtes fous tous les deux et je ne suis même pas habillée ! je m'exclame en me rappelant que je suis en peignoir.

— Tu es très belle, m'affirme Léobald.

— C'est vrai, mais tout de même ! je rétorque, amusée.

J'attrape la main de Léobald.

— Nous nous fiançons ce soir, j'annonce à ma sœur.

Elle applaudit.

— Merveilleux. Je vous félicite !

— Que puis-je faire pour aider ? demande Léobald.

— Nous allons tout préparer ensemble ! s'enthousiasme Hermia. Pas besoin de toi, Léo.

Je me tourne vers mon véritable futur fiancé :

— Elle a raison, va t'assurer que tes proches les plus précieux puissent venir ce soir, je lui dis doucement.

— Morgane et Arvel vont être ravis ! Ils t'adorent ! m'avoue Léobald.

Je hausse les épaules :

— C'est qu'ils ont toujours été réalistes ! j'assure avec une prétention surjouée.

— Je le crois, en effet, répond-il avec une sincérité qui me touche, me ramène à nos jeux dans les bois où nous étions tous nous-même et où nous avons appris à nous aimer comme une famille sans même le réaliser.

Léobald me prend dans ses bras une dernière fois. Il semble aussi difficile pour lui de me quitter que ça l'est pour moi. Mais j'ai confiance. Mon naturel confiant reprend toujours le dessus.

Hermia a déjà quitté la pièce. Je sais qu'elle va courir annoncer la bonne nouvelle à mes parents. Et je lui laisse ce plaisir. Elle l'a bien mérité.

Léobald m'embrasse sur la joue puis décide finalement de me laisser au moins le luxe de m'habiller. Mon peignoir est tout à fait décent, il m'arrive aux genoux et protège parfaitement mon corps, mais je sens qu'il n'est pas très à l'aise de me savoir si peu vêtue... Et j'en suis troublée aussi. De plus, j'ai vraiment hâte d'organiser la petite réception de ce soir. Hâte de partager ce bonheur avec les miens.

Alors qu'il est sur le point de quitter la chambre, je le rappelle :

— Léobald ?

— Oui ?

— Je ne t'ai pas dit mais... moi aussi *je t'aime*.

Un sourire inédit, immense et prodigieux remplit son visage. Il revient vers moi brutalement, prend mon visage en coupe entre ses mains, pose doucement ses lèvres sur les miennes et me murmure :

— Merci...

Puis, il me quitte lentement, à regret, toujours souriant, d'un pas qui n'a jamais été aussi léger.

Évidemment, mes parents sont enchantés par la nouvelle. Mon père ne montre pas grand-chose mais le léger sourire de satisfaction qui étire sa bouche me signifie qu'il est satisfait, voire même soulagé. Quant à ma mère, elle explose littéralement de joie et sautille presque autant que ma sœur. L'ennui c'est qu'elle est fortement déçue par ma décision de vouloir célébrer nos fiançailles le soir même et dans l'intimité.

— Mais personne ne sera au courant ! s'exclame-t-elle.

Mon père fronce les sourcils.

Je comprends leur trouble. Avec une telle discrétion, il serait aisé à Léobald de retirer sa demande sans compromettre sa réputation si l'envie lui prenait. J'interviens donc :

— C'est mon choix. Je veux que ça se passe de cette manière.

— Es-tu sûre de ce jeune homme ? me demande mon père.

— Je le suis, père.

Le regard que je lui accorde semble le rassurer quelque peu.

— Nous nous rattraperons sur le mariage, donc, tranche-t-il, ce qui a le mérite d'apaiser un peu ma mère.

Ma sœur se proclame cheftaine des festivités. En quelques heures, elle parvient à organiser une fête somptueuse. Ce qui n'est pas si difficile avec la véritable armée que forme notre personnel. Pour ma part, je passe un long moment à décider quelle robe je porterai.

Je me souviens sans cesse du baiser que j'ai échangé avec Léobald, de tout ce que cela a réveillé en moi de bonheur et de sensations. Je n'ai jamais ressenti ça avec aucun autre garçon. C'est déroutant et presque effrayant.

Je songe tout d'abord à porter une des robes neuves qui attendent dans mon dressing dans le réflexe naturel d'en mettre plein la vue à mon fiancé. Je me souviens alors qu'il avait avoué m'avoir trouvée saisissante le jour de notre rencontre et mon regard se porte sur la tenue que je portais à cet instant puis sur celle que j'avais mise lorsque j'avais joué du piano. Et je suis soudain saisie par un léger sentiment de honte, ce qui est assez rare chez moi, je dois bien l'avouer. Je suis belle de la tête aux pieds, et si j'avoue n'être pas totalement parfaite, c'est parce que cela m'offre le luxe d'avoir une marge d'évolution pour remplir mes journées.

Seulement, je réalise que Léobald s'est confondu en excuses plusieurs fois, que je l'ai traité gentiment de diva alors que mon comportement avait tout le loisir de le repousser. Quand je me souviens de cette magnifique jeune fille qui pendait son linge dans la plus extrême des simplicités et qui n'en était pas moins belle, je me rends compte que je ne pouvais pas plaire à ce garçon. Il a sûrement fallu qu'il me voie jouer avec sa fratrie pour réaliser que j'étais authentique. Car, dès notre rencontre, en l'attirant sur le balcon alors que je n'avais que faire de la vue, en jouant du piano sans le saluer juste pour l'émouvoir, en voulant l'emmener promener pour montrer la grandeur de mes terres... la moindre des choses que j'ai faites n'étaient pas pour mieux le connaître, apprécier ses qualités et le faire se sentir à l'aise. Non, tout était programmé dans l'unique but de l'impressionner.

Je décide donc de choisir une fine robe bleu roi que je n'ai jamais portée en raison de sa simplicité, sans autre artifice que les diamants qui constellent discrètement sa traîne évanescente. Le tissu épouse magiquement bien mes formes fines et sportives, sans ostentation, ni vulgarité évidemment. Je me sens belle et féminine dedans. Je consacre plus de temps à raviver les boucles de mes cheveux à l'aide d'un appareil à cet effet et à y glisser quelques brillants.

Dans cette tenue, je n'ai pas l'air d'être l'une des plus riches femmes d'Eladwyne mais je n'imite pas pour autant la candeur d'Emerise. Je suis davantage moi-même : une sirène à la beauté sauvage et poignante de délicatesse.

15.

Lorsque je descends les escaliers, je réalise que ma sœur s'est surpassée. La maison est renversante et j'en suis secouée. Des bougies accrochées aux plafonds, aux murs, aux guéridons et même posées sur les dernières marches que j'emprunte lentement, éclairent tout de leur lumière tremblante. Je le suis moi aussi, émue, lorsque je vois Léobald, vêtu d'un élégant costume bleu sombre, parfaitement assorti à ma robe, qui m'attend en bas de l'escalier. Ma sœur a été jusqu'à le prévenir de la couleur que j'ai choisie ce soir. Le jeune homme ne voit que moi et me sourit comme si tout autour s'était éteint.

Quand je pense à toute la douleur que j'ai éprouvée à tenter de le convaincre de m'aimer et qu'il a simplement fallu que je renonce à lui totalement pour qu'il y parvienne enfin... J'ai si souvent eu envie de le haïr mais force est de constater que j'en suis incapable. Je l'aime. Je l'aime. Je l'aime et c'est plus fort que moi. Cela m'a dépassée dès la première seconde et c'est devenu plus fort et plus vrai dès nous avons passé du temps ensemble.

Il saisit ma main, l'effleure de ses lèvres sans me lâcher des yeux.

— Tu es... éblouissante, fait-il.

— Plus que d'habitude ? je m'amuse avant de me rappeler que je ne cesse de me vanter même dans l'humour.

— Oui, même si je ne croyais pas que c'était possible, avoue-t-il sans m'en tenir rigueur.

Je remarque que nos familles sont réunies. Arvel et Morgane se tiennent près d'Hermia et Edan repose dans les bras de la mère de Léobald. Gawen et Elicia, l'oncle et la tante de Léobald, que j'avais déjà aperçus lors de la soirée de présentation, sont en train de discuter avec mes parents.

Je croise alors le regard confiant de mon père, qui, bien que moins costaud que l'oncle de Léobald, s'avère être d'un charisme qui mettrait n'importe quel roi au tapis. Cela me rappelle qui je suis. Cependant, ma mère aussi a trouvé le moyen d'inviter quelques proches et amis. Très peu, comparé à l'énorme masse de nos connaissances, mais assez pour lui permettre de donner du sens à cette soirée.

— Qu'est-ce que fait tout ce monde ici ? je grince en direction de Léobald qui pose un baiser sur ma tempe.

— Désolé, ma mère a prévenu mon oncle et ma tante, me répond-il.

— Et c'est normal, je lui accorde. Mais je vois que ma mère a fait bien pire que la tienne...

— Peu importe, me murmure mon fiancé. Je t'aime, fait-il.

Je détourne les yeux des invités pour observer le garçon que j'aime. Il est renversant de sincérité et ses yeux clairs me font chavirer parce qu'ils hurlent qu'il dit vrai. Il m'aime. Je ne savais pas qu'il était possible d'être aussi heureuse. J'ai l'impression que mon cœur va exploser.

— Moi aussi, je t'aime, je lui réponds.

Et ces simples mots d'amoureux, qui peuvent ennuyer tous les autres, veulent dire mille choses pour nous.

La soirée est bien étrange. Les félicitations et les attentions des convives ne m'importent pas. Je me sens indifférente à ce monde. Certes, je l'ai toujours un peu survolé en faisant l'honneur de ma présence ou de mon mépris lors des événements de ce type. Mais aujourd'hui, j'y suis insensible, car rien de ce milieu ne me paraît réel maintenant que j'aime. Maintenant qu'*il* est là.

Je n'ai d'yeux que pour Léobald qui accorde à tous un instant de gentillesse. Dès qu'on lui parle, on se sent meilleur et précieux. C'est peut-être pour ça que mon cœur s'est tellement attendri de sa personne. D'une certaine façon, il me rend plus vulnérable, mais aussi plus forte, plus heureuse, plus épanouie. Il donne du sens à tout ce qu'il touche et je me demande comment j'ai fait pour me passer de lui jusqu'alors.

Hermia pose souvent un regard ému et ravi sur moi. Je présume qu'elle voit ces changements et s'en félicite. Ma sœur est un ange dont je serais bien en peine de me passer également.

— Tu me fuis ? me demande Léobald en me retrouvant sur le balcon où nous nous sommes parlé pour la première fois.

La nuit étoilée offre un décor somptueux. Je me tourne vers lui et me rapproche, il me prend dans ses bras, me serre et embrasse doucement ma joue.

J'aimerais que le monde entier s'éteigne pour ne sentir que sa présence. J'aimerais être déjà mariée. Et cet empressement m'inquiète. Tout comme la dévotion subite de Léobald. Et s'il se laissait aveugler par l'euphorie de notre histoire ? Et s'il réalisait trop tard à quel point, comme il l'a toujours pensé, je ne lui conviens pas ?

— Tu sais, je suis toujours la fille que tu as rencontrée, je dis en posant une main sur son torse et en baissant la tête.

— Qu'est-ce que tu veux dire ? s'inquiète-t-il.

— Je veux dire que j'ai fait beaucoup d'efforts sur moi pour te plaire, j'ai changé, un peu. Mais au fond de moi, je suis toujours cette fille qui peut virer un employé sans compassion ou qui pense être la plus belle et la plus intelligente.

Il ne réagit pas tout de suite. Ma voix est triste car je crains de le perdre. Peut-être est-ce la fatigue, le contrecoup émotionnel de ce revirement si brutal, trop brutal. Peut-être est-ce un tout.

— Mélia, dit-il en posant ses doigts sous mon menton pour m'inviter doucement à relever les yeux vers lui. Je sais qui tu es.

Rien ne semble entamer sa foi en moi qui me fait de plus en plus peur.

— Tu es cette personne prête à sacrifier son bonheur au profit de celui qu'elle aime, assure-t-il.

Il doit bien savoir qu'un seul événement ne me définit pas.

— Chasse le naturel et il revient au galop, je lui murmure avec un sourire triste en pestant contre mon désir soudain d'authenticité.

Il sait que j'ai raison. Mais, après une pause, il reprend :

— Mélia, pourquoi est-ce que je t'ai plu dès que l'on s'est rencontrés ?

Ainsi, il a deviné que je l'ai aimé tout de suite. Même si je ne vois pas le rapport, je lui réponds avec sincérité :

— Tu es profondément doux, généreux et bienveillant. Je l'ai su tout de suite.

— Merci... je ne sais pas si je mérite d'être autant encensé, dit-il un peu gêné. Quoi qu'il en soit, tu crois vraiment que tu aurais été attirée par moi si ce n'était pas des valeurs qui te parlent ?

Je suis dubitative.

— Je suis loin d'être parfait, continue-t-il, et tu le sais ! Je t'ai d'ailleurs fait souffrir. Mais j'avoue que la bienveillance est essentielle dans mon existence. Comme elle l'est dans celle de ta sœur, de toute évidence.

Il désigne du menton la jeune fille qui papote avec les invités dans le salon.

— Je vois combien tu l'aimes. Et tu sais quoi ? On aime souvent une personne parce qu'on partage ses valeurs. Toutes ces qualités que tu apprécies chez moi ou chez ta sœur, ce sont les tiennes ! Tu te comportes parfois différemment en raison de ton éducation, ou peut-être est-ce aussi un moyen de te protéger ou même de protéger ta sœur. Quoi qu'il en soit, je n'en démords pas, j'ai enfin saisi quelle personne merveilleuse tu es, et le fait que tu t'inquiètes à ce propos ne fait que me conforter dans cette idée.

— Mais je ne suis pas gentille comme Emerise ! je m'exclame pour lui révéler le fond de ma pensée.

Il soupire et prend mon visage à deux mains.

— Je ne veux pas que tu sois gentille, Mélia. Je veux que tu sois toi-même. Parce que c'est de *toi* dont je suis follement amoureux. C'est la femme débordante de beauté, de confiance, d'intelligence et de profondeur que j'aime.

Il m'embrasse alors doucement et je laisse, au contact de ses lèvres si douces et si sensibles, toutes mes craintes s'effacer. Mais soudain, Léobald s'écarte de moi. Je me demande si j'ai commis une quelconque erreur avant de réaliser qu'il a posé un genou à terre pour officialiser sa demande.

— Oui ! je m'exclame, surexcitée.

— Je n'ai encore rien dit ! se lamente-t-il.

— Oui ! je répète, parce qu'il m'a rendue plus heureuse et plus humaine que je ne l'ai jamais été.

— Méliannile de Vilmont, commence-t-il en ayant du mal à garder son sérieux devant mon engouement. Veux-tu me faire l'honneur de devenir ma femme ?

— Oui !

Il passe à mon doigt la fine bague qui étincelle sous les étoiles et je plonge dans ses bras.

Je passe donc le reste de la soirée à montrer ce bijou appartenant depuis des générations à la famille Lowyne à tous les invités qui se pâment et me félicitent. Mais j'ai la tête ailleurs. Étourdie par le bonheur ! Je ne savais pas que c'était possible. De ce fait, je décide d'en profiter à fond. Léobald garde sa main dans la mienne, ne me quittant plus un instant, comme si ce « oui », ou devrais-je dire *ces* « oui » avaient scellés quelque chose entre nous. Et sentir ses doigts dans les miens compense le fait que nous n'avons plus un instant pour nous isoler.

Je fais brièvement la connaissance de la mère de Léobald qui est une femme au visage triste et blafard. Son oncle et sa tante, un peu plus loquaces, s'avèrent pourtant assez réservés envers les miens. Je devine qu'ils sont tous deux devenus les parents de substitution du jeune homme et que, même s'ils ne vivent pas avec lui, ses intérêts leur tiennent fort à cœur. Cela dit, eux non plus ne doivent pas être épargnés par la ruine de la famille. Même si je pressens qu'ils ne portent pas notre clan dans leur cœur, cette alliance leur est profitable. Aussi, affichent-ils des visages de circonstance et s'efforcent-ils de ne pas trop se crisper quand on me demande d'afficher leur héritage familial, désormais autour de mon doigt.

Comme ce matin, il m'est difficile de me séparer de Léobald à la fin de la soirée. Lorsqu'il finit par quitter le manoir avec sa mère et sa fratrie, je reviens sur terre. L'univers apparaît à nouveau sous mes yeux et je me rends compte du désordre que notre petite réception a laissé.

Je réalise donc que ma mère est toujours soucieuse. D'ailleurs, je surprends une conversation entre elle et mon père, en bas de l'escalier :

— Il n'y a que cinq personnes qui ont pu venir, s'inquiète-t-elle, c'est beaucoup trop peu. Tu crois que ça suffira ?

— Elle est fiancée, maintenant ! lui lance-t-il avec fermeté. Elle a la bague, cela me paraît suffisant.

— Mais nous n'avons même pas fixé de date pour le mariage !

— Arrête de t'inquiéter, Elisa, chaque chose en son temps. Tiens, voilà l'heureuse élue. Comment vas-tu Méliannile ?

— Bien, je réponds un peu déçue par le comportement de ma mère, si centrée sur son objectif tellement superficiel qu'elle en oublie de se soucier de mon bonheur.

Mon père ne semble pas dans la même optique parce qu'il fronce les sourcils pour une tout autre raison :

— Ce jeune homme t'a fait souffrir, il peut s'estimer heureux que tu lui aies laissé une deuxième chance.

Je décide d'ignorer ma mère, d'oublier ses paroles pour m'accorder un souvenir merveilleux de cette soirée.

— C'est certain ! je plaisante, ravie.

— J'espère qu'il te mérite, dit mon père avec un sérieux que je prends pour une marque d'affection.

— Il me rend heureuse, j'assure, sur mon petit nuage.

— Bien, se contente de dire mon père.

Je prends congé rapidement car je me sens soudainement épuisée. Ces derniers jours ont été harassants.

Je suis grisée de joie et de sommeil lorsque j'enfile mon pyjama, le cœur ailleurs. J'ai l'impression de vivre un conte de fées. Et c'est d'autant plus fort que je n'aurais jamais cru pouvoir ressentir toute cette félicité. Je me croyais certes, bénie par les fées dès ma naissance, seulement, je ne connaissais rien du vrai bonheur. Surtout qu'il a failli me filer entre les doigts. Cela le rend plus vivace et plus délectable.

Je viens de m'engouffrer sous mes draps quand j'entends ma sœur gratter à ma porte. Je l'autorise à entrer.

— Je peux te rejoindre ? me demande-t-elle doucement.

— Bien sûr, viens !

Elle se glisse sous les couvertures avec moi. Malgré la faible luminosité, j'aperçois ses yeux brillants et je devine son sourire mutin.

— C'était une magnifique fête, me dit Hermia avec joie.

— Grâce à toi, je lui fais remarquer. Merci infiniment.

— Et tu étais très belle, ajoute-t-elle. Plus belle que jamais même.

— Je sais.

Nous rions de joie et de légèreté mêlées. Je me blottis contre ma sœur, le cœur chargé de bonheur.

— Quand je pense que tu as été disputer Léobald ce matin, je murmure. Qu'aurais-tu fait s'il avait confirmé qu'il ne m'aimait pas ?

— Rien. J'aurais au moins pu passer mes nerfs et tu n'en aurais jamais rien su.

— Ton intervention a certainement dû activer les choses, je remarque. Même s'il avait eu ce déclic, je ne sais pas s'il aurait osé m'en faire part si vite...

— C'est juste. Que serais-tu sans moi ! me taquine-t-elle avec fierté.

— Merci, Hermia, je lui réponds, très sincère. Tu es la meilleure amie que je puisse avoir. Ma sœur et ma bonne étoile.

Je plaque un baiser sur sa joue.

— Je t'aime, très très fort...

— Moi aussi, Mélia, répond-elle, émue. Je sais que tu seras heureuse avec Léobald, et cela m'enchante !

Je ferme les yeux, le cœur si heureux qu'il met un moment à s'apaiser. Puis je m'endors, le nez dans les cheveux bouclés de ma sœur.

Un bruit brutal me réveille. Un coup d'œil vers le réveil m'apprend que je n'ai dormi qu'une heure. Il fait encore parfaitement nuit.

Hermia se réveille en baragouinant un « *qu'est-ce que c'était ?* ». Je n'ai pas le temps de répondre que la porte de ma chambre est brutalement ouverte et qu'un type en uniforme, suivi de plusieurs comparses, fait irruption.

— Mesdemoiselles de Valmont, j'ai ordre de vous emmener.

— Quoi ? Qui êtes-vous ? je m'exclame en retenant tous les jurons qui me viennent en tête.

— La garde du roi, répond-il. Votre famille est en état d'arrestation !

16.

Ma sœur et moi nous tenons au fond d'une salle aux murs nus, seulement meublée de deux bancs. Nous sommes serrées l'une contre l'autre, incapables de parler. Hermia tremble comme une feuille. Nous n'avons eu le temps d'enfiler que nos peignoirs avant d'être littéralement enlevées de ma chambre. Hermia a peur. Moi aussi. Mais la colère, qui commence à me dévorer, semble supplanter mon angoisse. Je ne comprends pas pourquoi nous avons été arrêtées et, si la santé de ma sœur devait en pâtir, je serais prête à tuer de mes mains ces abrutis sans cœur.

La garde du roi, ce n'est pas comme la police. Le roi a tout pouvoir à Eladwyne. Il n'y a donc pas forcément d'avocats ou d'explications. Nous sommes entre les mains du monarque. Jusqu'à maintenant, le roi d'Eladwyne avait une telle renommée de douceur et de justice, que cela n'avait jamais posé problème. Je commence à revoir mon jugement.

Même le bâtiment où nous avons été introduites, après avoir voyagé dans un grand camion noir, semble éloigné de tout —

probablement classé secret défense. Nous n'avons pas été autorisées à passer un coup de fil et encore moins à parler à nos parents qui ont sûrement subi le même sort. La garde du roi porte des costumes bleus et blancs mais ils semblent être soutenus par une sorte de groupe d'intervention armé Eladwynien.

Au bout de ce qui me semble être une éternité, un type vêtu tout en noir vient me chercher. Je le fusille du regard quand il exige que je sois la seule à l'accompagner. Je laisse Hermia à regret et me retrouve dans une pièce presque aussi dépouillée, où seules une table et deux chaises nous attendent. Le type s'installe et m'invite à en faire autant.

— Qu'est-ce que vous nous voulez ? je demande aussitôt.

— Nous avons quelques questions à vous poser concernant des faits remontant à dix ans, se contente-t-il de répondre avec froideur en fouillant son dossier.

— Vous plaisantez ?

Je suis à bout, effrayée, éreintée, et choquée.

Il relève les yeux vers moi.

— En cas d'absence de coopération, vous serez jugée pour trahison envers la Couronne.

Je ravale ma salive, ne comprenant pas bien comment du bonheur le plus pur, j'ai pu en arriver là.

— Que faisiez-vous le 3 juin 2010 ?

Difficile de replonger si loin mais je sais très bien que cet été-là fut le pire de mon existence. Hermia venait de se faire opérer et nous ne savions pas encore si elle allait s'en sortir. Elle n'était plus qu'un corps sans force et sans âme. Mes parents n'étaient pas très présents et préféraient laisser les médecins, engagés à cet effet, veiller sur leur fille.

— Ma sœur venait de subir une grave opération du cœur, je me suis occupée d'elle tout l'été.

L'agent se met à griffonner quelques lignes sur son carnet.

— Très bien, auriez-vous des faits plus précis concernant le 03 juin 2010 ?

Je réfléchis et m'exclame :

— Mais c'était le jour de l'attentat !

Dans un flash, je me souviens des scènes mémorables et terribles qui défilaient à la télévision. Ma sœur était dans un état grave et la noblesse d'Eladwyne avait perdu une grande partie de ses membres suite à un attentat contre la monarchie, dans le palais même du roi d'Eladwyne. C'était définitivement le pire moment de ma vie.

Le type acquiesce d'un signe de tête. J'ai alors quelques difficultés à me concentrer.

— Qu'est-ce qu'on a avoir avec ça ? je lui demande avec une inquiétude grandissante.

— N'importe quel détail serait le bienvenu, ajoute l'homme sans prendre en compte ma question. Vous souvenez-vous d'avoir vu vos parents ? Les avoir entendu parler ? Avoir reçu des gens chez vous ? Si oui, il me faut des noms précis.

Je me redresse, piquée au vif.

— Pourquoi sommes-nous ici ? je m'exclame. Vous ne pouvez pas nous traiter de cette manière. Ma famille n'a jamais fait quoi que ce soit de répréhensible. Nous sommes de bons citoyens qui soutiennent le roi. C'est intolérable ce que vous sous-entendez !

— Vous êtes tenue de coopérer, par ordre du roi, se contente-t-il de répondre en notant encore quelques mots.

Je secoue la tête avec dégoût.

— Je n'ai absolument rien à vous dire !

Il se lève.

— Très bien, je vais vous raccompagner dans votre cellule.

Je me lève si brutalement que ma chaise tombe par terre produisant un bruit sec et puissant dans cette pièce vide et froide, mais je n'en ai cure.

— J'ai besoin de savoir ce qu'on fait ici !

Le type relève finalement un œil fatigué vers moi.

— Vos parents font partie des anarchistes qui ont fomenté l'attentat d'il y a dix ans et qui a fait des dizaines de morts parmi la noblesse.

Je le regarde avec hébétude.

— C'est impossible, je murmure.

Il reprend ses feuilles.

— Votre sœur et vous étiez de simples mineures, vous n'avez donc pas à vous inquiéter, mais nous avons été autorisés à vous questionner. Je vais interroger votre sœur, puis vous serez libres.

— Ce n'est pas possible, je répète, complètement bouleversée.

Je me rengorge dans mon orgueil et dans la foi en ma famille.

— Vous faites erreur, jamais mes parents n'aurez fait une chose pareille !

— Vos parents ont été dénoncés par d'autres anarchistes qui viennent d'être arrêtés. Notre enquête a corroboré tous leurs propos. Je vous conseille d'oublier votre fidélité envers vos parents et de penser à vous protéger. Ce n'est que le début... Je n'ai pas le droit de vous parler davantage. Veuillez me suivre.

Il ouvre la porte et je mets un instant avant de lui obéir. Je suis sous le choc. Je n'arrête pas de repasser mes souvenirs dans ma tête relatifs à cette époque-là. Le comportement distant et préoccupé de mes parents, que j'avais pris autrefois pour de l'inquiétude vis-à-vis d'Hermia. Jamais je n'aurais pu... Non, c'est impossible ! Je ne dois surtout pas laisser ces types salir ma famille.

Un attentat ? Provoquer la mort de dizaines de personnes de sang-froid ? Jamais mes parents n'auraient participé à une telle horreur. Si des nobles sont coupables, peut-être comptent-ils faire tomber un maximum de têtes avec eux. Même des innocents.

Je me retrouve dans le couloir et j'aperçois la porte entrebâillée d'une salle semblable à celle où j'ai été enfermée, et dans laquelle se trouvent mes parents. Je profite que mon accompagnateur est occupé à échanger ses notes avec un collègue pour me glisser dans la faille. Bien que vêtu d'une robe de chambre, mon corps d'athlète se faufile dans la pièce sans difficulté.

J'y découvre ma mère, livide, assise sur un banc. Mon père est debout, mais son visage est glacé, une ride terrible barre son front. Cette seule vision me cloue sur place.

— Mélia ! s'exclame mon père avec surprise en me voyant entrer.

C'est à peine si ma mère relève les yeux vers moi, on dirait que le ciel lui est tombé sur la tête.

— Papa !

Déjà, les officiers me poursuivent, alors je me hâte :

— Pardonne-moi, mais, je dois savoir..., je m'empresse de demander. Est-ce que vous avez quoi que ce soit à voir avec l'attentat d'il y a dix ans ?

Le regard empli de tristesse que m'accorde mon père me terrifie. Puis, lentement, à regret, il fait un léger « oui » de la tête, suffisamment discret et rapide pour n'être visible que de moi, ce qui me pétrifie sur place.

Je sens mon corps trembler, mes jambes vaciller, mon monde s'écrouler.

Je secoue la tête pour refuser cette réponse.

— Non, ce n'est pas possible ! je murmure en sentant des larmes de détresse et de colère menacer d'exploser.

— Mélia, il faut que tu épouses Léobald au plus vite, reprend mon père tandis que je suis saisie par un garde et attirée vers la sortie. Emporte Hermia avec toi ! continue mon père au-dessus de l'épaule du type. Le nom des Lowyne vous protégera !

Et c'est tout.

La porte est refermée. Et je n'en éprouve aucun regret. Je me laisse emporter par l'officier sans aucune lutte. Tout est flou autour de moi. Le décor semble bouger étrangement. Mon univers vient de sombrer dans le chaos le plus total. Mes parents sont des meurtriers...

17.

Une fois de retour dans ma cellule, je suis incapable de répondre aux questions de ma sœur. J'ai le sentiment de ne plus être dans la réalité. Je revois mon père hocher la tête et j'essaye d'y déceler un quelconque message. Peut-être ai-je simplement mal analysé son geste ?

Pourtant, je dois bien admettre qu'il a été clair, ne laissant pas l'ombre d'un doute. Je devine ce qu'a dû lui coûter cette marque d'honnêteté. Il l'a probablement fait pour que je mette moins de temps à me détacher de lui et que je suive sa recommandation d'épouser Léobald pour me libérer de notre nom de famille.

Voilà pourquoi il tenait tant à ce mariage... Mon père veut que je cesse au plus vite d'être une Vilmont. Pourtant, ce nom m'a toujours définie. D'aussi loin que je me souvienne, j'ai toujours été fière d'en être une, tout bonnement parce qu'il m'avait appris à l'être.

Hermia revient de son propre interrogatoire. Je n'ai pas vu le temps passer. Elle s'assoit près de moi, pose une main sur la mienne. Sa douceur a le mérite de me réveiller.

— Mélia, est-ce que ça va ?

Je tourne la tête vers elle lentement.

— Tu sais de quoi on accuse les parents ? je lui demande.

— Oui, je sais, avoue-t-elle sombrement.

Pourtant, elle ne semble pas remuée comme je le suis.

Je jette un œil autour de nous et je murmure :

— Il a confirmé ! J'ai vu papa dans sa cellule et il a confirmé !

Les doigts de ma sœur serrent brutalement les miens.

— Tu es sûre ? m'interroge-t-elle.

J'acquiesce d'un signe de tête et récupère mes mains pour y plonger mon visage. Je ne sais pas ce que j'y cache. Mon chagrin ? Ma colère ? Ma honte ?

Je suis terrassée.

Puis je relève la tête. Hermia fixe le mur sans expression particulière. Son monde vient aussi d'être ébranlé mais elle ne se met pas dans le même état que moi. Comme si, d'une certaine manière, elle n'était pas surprise.

— Hermia ? je demande pour la rappeler à moi.

Elle tourne la tête lentement.

— J'aime nos parents, me dit-elle d'une voix lointaine. N'en doute pas, d'accord, Mélia ?

Ses jolis yeux marron sont étranges.

— Seulement, ma famille, ça a toujours été toi, ajoute-t-elle. Et le personnel de la maison. Papa et maman... Peut-être qu'ils ont été manipulés pour en arriver là, peut-être qu'ils n'avaient pas conscience de ce qu'ils faisaient. Quoi qu'il en soit, ils ont toujours été d'un arrivisme qui ne me correspondait pas.

Elle respire profondément. Et son visage se durcit tandis que ses mains attrapent à nouveau les miennes.

— S'ils sont réellement coupables, la justice fera son travail, tranche-t-elle. Mais toi et moi, rien, jamais, ne nous séparera.

Je ne suis pas encore prête psychologiquement à abandonner mes parents à leur sort comme elle le fait si bien. Je me raccroche encore à eux. À mon père, qui a toujours été mon plus grand symbole, mon modèle, mon mentor. Seulement, je dois bien admettre qu'une fois de plus, Hermia me surprend. Malgré la fragilité de son cœur, elle est la plus forte d'entre nous.

La porte est ouverte brutalement.

— On va vous déposer au parc des Lionela, nous lance le type qui nous a questionnées. Vous pouvez téléphoner pour que quelqu'un vienne vous chercher là-bas.

Dans le couloir, il nous montre des bornes téléphoniques. Tandis qu'Hermia en choisit une, je me dirige vers une autre, plus éloignée. Je compose le dernier numéro que j'ai appris par cœur, parce que ces chiffres, cristallisés en moi, sont une manière de *l'aimer*.

Léobald décroche aussitôt, sa voix est très inquiète :

— Mélia, où es-tu ?

— Tu es au courant de quelque chose ? je demande, surprise qu'il semble à ce point remué.

— Oui, ta maison est passée à la télévision, elle est entourée par la police et des dizaines de curieux. Mélia, est-ce que ça va ?

Je sens mon menton trembler. Je passe une main sur mon front avec horreur. Un voisin a dû remarquer notre arrestation et a dû parler. Notre nom doit déjà être traîné dans la boue.

Je trouve juste la force de demander à Léobald de venir nous chercher à l'endroit indiqué par l'agent, et ce, dans la plus grande discrétion. Il accepte et je raccroche.

Hermia se dirige vers moi. Elle est plus livide que quand je lui ai annoncé la confession de notre père.

— Je viens d'appeler notre notaire, dit-elle à voix basse. La maison est sous scellés !

— Et elle est passée à la télévision..., je lui réponds, dépitée.

Elle secoue la tête avec effroi.

— Que vont devenir les employés ? s'inquiète-t-elle brutalement.

Évidemment, elle trouve encore la force de penser aux autres. Pas moi, je suis anéantie.

Elle poursuit :

— Il n'y a pas que ça...

— Tu veux dire qu'il y a pire ? je demande, un brin ironique.

— Oui.

Là, je m'inquiète.

— Tous nos comptes sont gelés, m'explique-t-elle.

— Même le tien et le mien ?

— Oui !

— Mais ils n'ont pas le droit de faire ça ! je m'énerve. Nous ne sommes même pas en état d'arrestation. Comment peuvent-ils faire une chose pareille !

— Je n'en sais rien, le notaire l'ignore aussi, murmure-t-elle. Je comprends maintenant pourquoi les parents tenaient tant à ce que tu épouses Léobald. Il ne fait pas bon s'appeler Vilmont, désormais...

— On doit porter plainte ! Demander un avocat !

Je suis tellement énervée que j'ai haussé le ton. Plusieurs agents se tournent vers nous. Les regards qu'ils nous adressent sont soupçonneux, voire même haineux.

— Calme-toi, Mélia, s'empresse de chuchoter Hermia. Tu oublies qu'on est liées à une affaire de trahison. Si nous n'avions pas été mineures lors des faits, toi et moi aurions également été arrêtées ! En attendant, on doit mener profil bas.

— Mais comment ? Sans le moindre argent et sans maison ?

— Vous êtes prêtes ? Quelqu'un va vous récupérer ? demande l'homme qui nous a interrogées.

Je vois à son regard las qu'il est le seul à avoir accepté cette charge parce qu'il est capable de prendre du recul. Le reste de ses collègues nous foudroie du regard. Nous sommes des Vilmonts. Nous sommes détestées.

Et ces regards de haine ne sont pas faciles à essuyer, surtout en étant vêtues de robes de chambre. Je ne me suis jamais sentie aussi humiliée.

Lorsque nous arrivons enfin au parc de Lionela, l'aube commence à rayonner doucement entre les arbres centenaires. Heureusement, il n'y a personne. Le parc est situé en bordure de forêt et, à cette heure matinale, il y a peu de chances de croiser du monde. Notre conducteur nous dépose sans se soucier le moins du monde de notre devenir.

Léobald, garé plus loin, arrive en courant vers nous. Je fonce dans ses bras qu'il serre étroitement autour de mon corps et je me laisse aller à quelques larmes.

Mon fiancé.

Je me sens infiniment rassurée par son contact, sa chaleur et sa douceur.

— Est-ce que ça va ? demande-t-il à Hermia en réalisant que je ne suis même pas en état de parler.

— Oui, un peu sous le choc, mais ça va.

— Venez, on va rentrer à la maison.

Léobald nous emmène d'autorité vers sa voiture. J'essuie mes joues et risque un regard vers lui. Le beau blond semble soucieux mais soulagé de nous avoir récupérées. Et une pointe de culpabilité que je ne comprends pas vraiment se glisse dans mes entrailles.

Sur la route, mon fiancé discute avec Hermia, mais, de mon côté, je n'arrive pas à parler.

Je revois sans cesse le regard de mon père. Puis j'explore maints souvenirs de mon adolescence et même de mon enfance que je vois désormais sous un autre angle. Toutes ces choses que mon père ne disait pas. Toutes ces choses qu'il nous cachait... Je pensais que ses affaires étaient bien trop complexes pour nous mais peut-être étaient-elles simplement trop criminelles ? Je revois sa manière de m'apprendre à avoir confiance en moi sans hésiter à écraser les autres sur mon chemin. Je revois sa fierté, pleine d'orgueil, lorsque je gagnais une médaille en sport. Je me souviens comme j'étais accro à cette expression sur son visage. Dès qu'il me regardait de cette manière, je savais que mon père m'aimait.

C'est lui qui a fait de moi cette fille parfois dure et égoïste. Et c'est Hermia qui a créé et entretenu toute la douceur en moi.

Quant à Léobald, il est ce que je veux le plus au monde. Je le regarde pendant qu'il conduit et qu'il parle à ma sœur. Ils évoquent le fameux attentat, qui a eu lieu il y a dix ans.

Apparemment, plusieurs familles ont été arrêtées dans la nuit et les journalistes ont vite fait le lien. Léobald sait donc de quoi sont accusés mes parents. Pourtant, il ne perd pas sa douceur et son désir de nous aider.

Mais je réalise pourquoi je me sens mal. Je le réalise même brutalement.

— Léobald, arrête la voiture !

— Quoi ?

— Mélia, qu'est-ce qui te prend ? fait Hermia.

— S'il te plaît, gare-toi, Léo. Il faut qu'on parle. Seul à seul, je rajoute plus calmement.

— Heu, sympa pour moi, fait Hermia.

— Mélia, on est bientôt arrivés chez moi, on pourra parler là-bas, non ? propose doucement Léobald, les yeux concentrés sur la route bordée d'arbres.

— Non, maintenant... s'il te plaît.

— Okay, répond-il et en se rangeant sur le côté.

Je descends en priant Hermia de patienter deux minutes.

Je fais quelques pas vers les arbres de la forêt. Léobald me rejoint.

— Mélia, qu'est-ce qui t'arrive ? demande-t-il.

Je me tourne vers lui. J'essaye d'être ferme.

— Je suis sûre que ta famille t'a conseillé de prendre tes distances, je lui dis.

Léobald s'efforce de ne pas changer d'expression mais j'ai vu sa mâchoire se crisper légèrement tandis qu'il peine à trouver ses mots. Je pousse un soupir et demande :

— Je présume que, dès qu'ils ont vu ma maison au journal, ils t'ont même téléphoné pour te dire de couper les ponts ?

J'ai tellement vu juste que Léobald semble désemparé un instant, mais il soutient mon regard et enchaîne avec vigueur :

— Je me moque complètement de ce que pense ma famille ! Maintenant, laisse-moi te ramener au manoir. Ta sœur et toi allez vous installer chez moi. Il est hors de question que je t'abandonne, ne serait-ce qu'une seconde !

— Léo, tu ne comprends pas, je réponds en m'efforçant de cacher le fait que sa réaction me touche beaucoup. Je n'ai aucune assurance que ma fortune sera dégelée un jour ! À cause de la culpabilité de mes parents, la famille royale a tout pouvoir sur nous et n'aura sûrement aucune pitié. Le pays entier doit nous haïr ! Non seulement je ne vais t'apporter aucun centime mais, en plus, je vais salir ton nom ! Une fois ta réputation entachée par notre proximité, tu ne parviendras même plus à trouver un mariage arrangeant. Même une union avec Emerise te serait moins néfaste...

Je sens une sorte de colère monter dans les yeux de Léobald. Il saisit mon visage entre ses mains, avec douceur mais détermination.

— Arrête de me parler d'Emerise ! s'exclame-t-il. Tu as raison, il se peut que notre mariage ait l'effet inverse de ce que nous espérions.

Seulement, tu dois comprendre une chose : pour Emerise, je n'aurais pas été prêt à tout perdre. Pour toi, si. Rien ne pourra me faire changer d'avis.

— Mais tu penses à ta famille ? Tu dois protéger ta famille ! je lui réponds, à la fois émue et véritablement brisée de réaliser que notre union n'est plus possible.

— Ma famille, c'est *toi* ! répond-il brutalement.

Ces mots sont plus forts qu'une déclaration. Qu'il me mette au même niveau que ses frères et sa sœur me laisse sans voix. Je lis dans ses yeux combien je compte, combien je suis devenue une des leurs et cela me touche au plus profond de mon âme.

Comme il voit que je ne trouve plus rien à dire, il pose ses lèvres sur les miennes pour achever de me calmer. Sa douceur, sa tendresse, et ce lien fort qui nous unit, me brisent et me liquéfient en même temps.

Lorsqu'il s'écarte de moi, il se contente de murmurer :

— On trouvera une solution. Quoi qu'il arrive, le plus important, c'est que l'on soit tous ensemble.

18.

Dès que nous arrivons au manoir des Lowyne, j'éprouve un vrai soulagement que je ne peux cacher. Cet endroit immense et hors du temps, ce château elfique perché dans la montagne m'apaise. Les enfants sont absolument ravis de notre arrivée. Ils ont rencontré Hermia lors des fiançailles et semblent l'avoir aussitôt adoptée. Ils nous enlacent avec empressement.

Je les embrasse et les remercie, avec le sentiment d'être enfin chez moi. Léobald porte un regard tendre sur moi tandis que je tiens le petit dernier dans mes bras. Même à ce petit bambin, avec qui j'évitais les contacts, je me suis faite. J'ai le sentiment qu'en épousant ce garçon, je deviendrai également la mère de sa fratrie dont il est, en quelque sorte, devenu le père. Et le plus fou, c'est que cela ne me fait pas peur. Je n'ai pas changé pour plaire à Léobald. En vérité, Hermia a raison, l'amour nous révèle. Je me sens pousser des ailes auprès de lui. Et cette impression est merveilleuse au vu des circonstances.

Une pluie s'est installée sur tout le pays, décuplant nettement l'humidité du manoir et le flux de la rivière qui l'entoure. La sensation de vivre dans le repaire d'une sirène est à la fois très dérangeante et plutôt amusante. Ici, j'ai le sentiment que plus rien ne peut nous atteindre.

Mon fiancé nous a présenté une grande chambre, en assez bon état, où Hermia et moi pourrons nous installer pour la nuit. Elle est assez grande, et les fissures dans les murs raisonnables. Le seul problème est la pauvreté de son mobilier. Mais l'important est que nous soyons au propre.

Le lit est très grand et Léobald a fait changer les draps par les quelques servantes qu'ils parviennent encore à payer. Je sens que, bientôt, il faudra se passer de personnel. Surtout avec les deux bouches supplémentaires à nourrir que sont Hermia et moi. Nous avons à peine le temps de prendre nos marques dans notre chambre que Morgane arrive, les bras chargés de robes. Léobald la suit de près. Il s'agit de vêtements de leur mère, et même si les tenues sont loin d'égaler la splendeur de celles que j'ai l'habitude de porter, je lui en suis reconnaissante.

Hermia et moi avons quitté notre demeure en peignoir et nous n'avons rien pu emporter. Je passe une robe couleur pomme qui n'est pas tout à fait à ma taille. Cela dit, avec ma silhouette de mannequin, il me suffit d'ajouter une ceinture et cet habit semble avoir été fait pour moi. Il en est de même pour ma sœur, belle comme un ange avec ses cheveux châtains et son visage doux, une véritable poupée de porcelaine ! Je m'amuse à l'aider à se parer des vêtements un peu passés de notre hôtesse.

Évidemment, nous sommes sous le choc. Nos rires sont nerveux. Nous ne connaissons rien de la précarité qui nous attend. Nos affaires nous manquent. Quant à nos parents... Je tâche de ne plus y penser. Je me fais violence pour ne pas m'écrouler littéralement. L'idée de ne plus pouvoir considérer mon père comme un exemple me terrifie, c'est comme si je n'avais plus de racines. Et le fait qu'il soit probablement et tout simplement un meurtrier me donne envie de me jeter par la fenêtre. Une fois toutes les deux habillées, Hermia pose ses mains sur mes épaules :

— On va s'en sortir, Mélia, me dit-elle avec conviction. On sera toujours ensemble ! me promet-elle. On sera toujours une famille, l'une pour l'autre, quoi qu'il arrive.

Je ravale mes larmes.

— Comment fais-tu pour être aussi confiante ? je lui demande avec envie.

Elle a une sorte de rire triste.

— C'est bien la première fois que c'est toi qui me poses cette question !

— Je me sens complètement démunie, je murmure en sentant mes yeux piquer beaucoup trop.

Du bout de son pouce, elle essuie une petite larme qui s'est échappée sur ma joue.

— Papa t'a toujours aimée plus que moi, déclare-t-elle tranquillement.

— N'importe quoi !

— Tu sais très bien que c'est vrai, Mélia. Il était très fier de toi. Et c'est normal, tu es l'aînée, sa grande héritière. Je ne lui en ai jamais voulu. Tu avais les épaules pour porter leurs grandes ambitions à maman et à lui. Moi... J'étais plus fragile.

— Papa et maman t'adorent ! je lui assure. Papa me mettait la pression car effectivement, je suis l'aînée. De toi, il n'attendait que ton bonheur !

— Quand j'ai failli mourir, ils ont décidé de participer à un attentat, fait-elle sombrement en s'éloignant un peu de moi. Tu crois vraiment que c'était pour mon bonheur ?

Pour une fois, elle me montre sa souffrance. Elle a très vite fait le calcul, elle aussi. Même si nous en savons peu, nous en savons assez pour réaliser que cet été-là, tout s'est joué. La vie d'Hermia, la mort de tous ces nobles... Je réfléchis vite et réponds :

— Justement, pour en venir à faire ce qu'ils ont fait, c'est qu'ils étaient à bout. Je ne dis pas que c'est excusable, j'ajoute rapidement en voyant le regard outré de ma sœur. Mais quand ils ont cru te perdre, ils ont peut-être pété un plomb. Ils n'étaient pas seuls dans cette histoire. De nombreuses familles ont été arrêtées récemment, paraît-il. Peut-être qu'on leur mettait la pression pour céder à leur plan sordide depuis des années. Ton état leur a fait perdre la tête et céder...

— Alors ce serait de ma faute ? demande ma sœur.

Elle ouvre légèrement le décolleté de sa robe et me montre le début de l'énorme cicatrice qui barre sa poitrine.

— Tu crois que j'ai voulu ça ! s'énerve-t-elle.

Et je comprends tout à coup de quelle manière ma sœur vit la tragédie qui nous arrive. Elle est en colère. Elle en veut à nos parents. Si je me sens choquée, accablée, abandonnée, elle se sent trahie.

— Non, bien sûr que non ! je m'empresse de lui dire en la prenant dans mes bras. Hermia, je n'ai jamais voulu dire ça. Je voulais simplement dire qu'ils t'aiment. Ils t'aiment même sûrement plus que moi. Mais nos parents sont détraqués. Leur manière d'aimer ou de réagir aux épreuves l'est aussi...

Elle respire lentement et se calme tout contre moi.

— Je prie pour ne jamais devenir comme eux, murmure-t-elle.

— C'est impossible, je lui assure tout doucement dans son oreille, en le croyant profondément.

Une fois calmées, nous nous rendons au salon principal du manoir où se trouvent Léobald, Arvel, Morgane et Edan.

— Ta mère ne quitte toujours pas sa chambre ? je demande à mon fiancé en saisissant doucement sa main.

Il a une mine embarrassée.

— Ma mère est partie ce matin, elle séjourne chez mon oncle, répond-il simplement.

D'un regard, je devine que la famille de Léobald a dû s'opposer à ce que le jeune homme nous loge, et au moins obtenir que la mère de ce dernier s'éloigne pendant ce temps.

— Et elle laisse ses plus petits enfants ? je m'étonne malgré moi à haute voix en désignant le petit Edan.

Léobald se contente de hocher la tête par l'affirmative d'un air triste mais ne dit rien, car les enfants nous entourent. Ils jouent sur le grand tapis placé devant la télévision. Ce qui attire mon attention vers celle-ci. Je reconnais aussitôt ma maison, entourée par des rubans blancs en plastique et des policiers.

Je pousse un petit cri :

— Mais c'est chez moi !

Je saisis la télécommande pour augmenter le son.

— *Nous n'avons aucune nouvelle de la famille de Vilmont*, déclare le journaliste. *Apparemment, les parents seraient en détention. Leurs deux filles auraient été relâchées. Bien que jeunes au moment des faits, nous ne savons pas si elles étaient au courant ou si elles ont participé d'une manière ou d'une autre à cette attaque contre la monarchie.*

On voit soudainement l'interview d'un riverain. Un type au front dégarni qui balade son chien.

— Bien sûr que je connais la famille de Vilmont, ce sont les plus riches du comté ! Tout ce que je peux vous dire, c'est que c'était une bande de prétentieux !

Une jeune femme dont le visage ne m'est pas inconnu est alors interrogée.

— Je ne peux pas vous dire si les filles étaient impliquées ou non, s'exclame-t-elle. Cela dit, j'ai été à l'école avec l'aînée, Méliannile... (elle pousse un soupir et adresse un regard entendu à la caméra). *Je serais bien incapable d'avoir pitié d'elle, personne ne l'aimait.... Cette fille... Disons que tous les coups étaient permis pour qu'elle parvienne à ses fins. Elle se moquait totalement des autres.*

— Ça suffit, on va éteindre ça ! intervient Léobald.

— Attends ! je lui demande en retenant sa main.

— À l'heure actuelle, nous ignorons où se trouvent les deux héritières Vilmont, conclut le journaliste. *Mais ce renversement de situation doit totalement bouleverser la vie de luxe qu'elles menaient depuis leur naissance...*

La caméra offre alors une vue imprenable sur le domaine, notre immense maison et son parc.

— Les gens nous haïssent, déclare sombrement Hermia qui a tout vu, elle aussi.

— Les gens haïssent votre nom, ce n'est pas vous ! intervient Léobald.

Il éteint la télévision.

— Et puis, personne ne sait où vous vous trouvez, c'est le plus important !

Je fais un effort pour laisser ces paroles rassurantes me réconforter.

19.

Lorsque la nuit tombe, l'averse se transforme en tempête. Le manoir, ponctué d'immenses fenêtres qui laissent entrevoir les arbres se balancer et les cascades bouillonner, devient presque inquiétant.

Nous avons passé la journée à jouer avec les enfants pour oublier le reste. De longues parties de cache-cache ont été organisées dans la maison durant lesquelles j'ai eu le droit à quelques baisers volés de la part de Léobald. À ses côtés, il est facile d'oublier. Hermia, d'un naturel si aimant et sociable, s'est vite prise au jeu, elle aussi, et semble adorer les enfants.

Après le dîner, ces derniers nous rejoignent dans la chambre que je partage avec ma sœur et s'amusent à rouler sur le grand lit. Une ambiance légère, faite de rires, de chatouilles et d'amour flotte dans l'air. Une ambiance que j'adore ! Je n'ai connu cela qu'avec ma sœur et notre nourrice. J'ignore tout d'une famille unie. Et c'est un peu la même chose pour la fratrie de Léobald, qui a perdu son père et dont la mère est totalement absente – même physiquement ! Je n'ai pas mal au cœur pour eux, car je sais que leur grand frère et le personnel jovial de ce manoir les comblent tout à fait. De plus, je les aime moi aussi. Et je commence à me faire à l'idée d'être une Lowyne. Je ne cesserai jamais d'être une Vilmont, car les Vilmont, ne sont pas tous des monstres ! Mais j'entrevois peu à peu la personne que je vais devenir aux côtés de cette nouvelle famille que nous formerons tous ensemble.

Léobald entre dans la chambre au moment où nous éclatons de rire avec Morgane et Arvel, tandis qu'Edan court sur le lit, entre les coussins que nous jetons sur son passage pour lui faire obstacle. Je sens le regard de mon fiancé et je lui adresse un sourire en réponse. Il y a, dans ses yeux, l'impression que nous avons tous trouvé notre place.

Les jeux ont tellement énervé les enfants qu'il faut un long moment d'histoires et de papouilles pour les calmer. Lorsqu'Edan sombre enfin, nous invitons les autres à regagner leur chambre. Mais la tempête les effraie. Ma sœur et moi acceptons de les garder pour la nuit.

Léobald me prend dans ses bras pour me dire au revoir. Il pose une main dans mon dos, tout en bas, à la chaleur de mes reins, et cette sensation délicieuse me rappelle à quel point je suis folle de lui. De toutes les manières. Dès l'instant où je l'ai vu, je voulais que ce soit lui...

Il me rapproche de lui et m'embrasse le front, les joues et la bouche.

— Bonne nuit, mon amour, me murmure-t-il très délicatement en se détachant de moi.

Je regagne mon lit où Arvel, Morgane et Edan sont emmêlés et ma sœur grogne lorsque je m'assois sur elle sans faire exprès.

— J'ai cru que vous alliez dormir ensemble, murmure-t-elle en parlant de Léobald et moi.

— Ce n'est pas l'envie qui manque, je remarque en tirant une couverture sur nous.

— Pour le moment, il va falloir te contenter de ta pauvre sœur et d'une tripotée de gamins qui vont sûrement prendre toute la place cette nuit !

Et elle joint le geste à la parole en s'écrasant sur moi. Je ris. Puis je me retiens pour ne pas réveiller les enfants. J'ai affreusement envie de lâcher-prise pour de bon et de dormir. La nuit dernière a été horrible. Ici, je me sens libre de pouvoir enfin sombrer. Je me sens en sécurité. Je me sens aimée.

***

Je me réveille en sursaut en plein milieu de la nuit. Je suis sûre d'avoir aperçu un visage de l'autre côté de la fenêtre.

— Qu'est-ce qui se passe ? me demande Hermia, la voix endormie.

— Il y a quelqu'un, je murmure.

Heureusement, les enfants ne sont pas réveillés. Je frissonne des pieds à la tête. La pluie bat toujours les vitres et les rafales de vent s'abattent contre les vieilles toitures.

— C'était simplement la tempête, tente de me rassurer ma sœur en se frottant les yeux.

— Non, il y a quelqu'un, je répète, sûre de moi.

Je me lève.

— Attends, qu'est-ce que tu fais ? s'inquiète Hermia.

— Je vais voir. Toi, reste avec les enfants, je lui réponds.

— Mélia, tu me fais flipper !

J'attrape un long et vieux vase, prête à le fracasser sur la tête de celui qui voudra m'attaquer.

Je quitte la chambre et traverse les couloirs, les yeux rivés sur les fenêtres. La nuit dans les bois est effrayante. Avec les ombres des arbres, il est facile de deviner des silhouettes.

Pourtant, je suis certaine d'avoir aperçu une figure pâle. Chaque craquement me fait bondir. Je ne connais pas assez le manoir pour bien m'y repérer de nuit. De plus, il est immense. Je commence sérieusement à regretter d'avoir quitté ma chambre, dont j'ignore si je serai capable de la retrouver. Je suis peut-être nerveuse en raison de la tragédie qui s'est abattue sur ma famille. Le sommeil m'a gagnée vite mais il était rempli de cauchemars. Je sens soudainement des mains m'attraper en douceur. Je brandis mon vase mais retiens mon geste lorsque je reconnais Léobald.

Soulagée, je fonds dans ses bras. Je lui explique, à mi-mot, la raison de mon tourment.

— Je n'ai vu personne, assure Léobald dans mon cou. Je me suis levé car je t'ai entendue dans l'escalier et j'avais peur que les enfants t'empêchent de dormir.

— Non, ils dorment encore, j'assure.

Nous nous détachons l'un de l'autre et il prend ma main. Il est habillé d'un joli pyjama en soie. Cela lui va très bien. Ses yeux clairs n'ont vraiment pas de couleur dans l'obscurité, il me paraît irréel de perfection. Et moi… En fait, moi je ne le suis pas.

Si j'ai tout fait pour être gentille, je suis en fin de compte la fille du diable.

— Ce sont de vraies marmottes, s'amuse Léobald en parlant de sa fratrie mais je n'ai pas envie de rire.

Je tourne la tête parce qu'un nouveau bruit vient de m'effrayer.

— C'est juste le vent, Mélia, intervient mon fiancé.

— Peut-être, mais j'ai vraiment vu…

— C'était peut-être un cauchemar ? suggère-t-il. Tu veux que je te serve quelque chose à boire ? La journée n'a vraiment pas été facile et ce temps n'aide pas à se détendre.

Nous descendons dans le grand salon et je me sens encore angoissée. Les émotions relatives à l'arrestation et surtout à la confidence de mon père me reviennent en tête. J'ai du mal à respirer.

Léobald s'en rend compte et me serre dans ses bras une fois encore. Je me sens soulagée à son contact. Mais il faudrait qu'il me garde constamment contre lui pour que cette impression demeure. Plus rien ne tourne rond. Je devrais être chez moi en train de rêver à mon futur mariage. En train d'imaginer toutes les manières dont je pourrais apprendre à mieux connaître l'homme que j'aime. Sauf que là, j'ai toujours cette impression d'avoir perdu tous mes repères et mes racines.

— Mélia, on est ensemble, m'assure Léobald en prenant mon visage dans ses mains. Toi et moi, on est ensemble, et on affrontera tout cela, ensemble. Peu importe le comportement des gens, ils passeront à autre chose. En attendant...

Je pousse un hurlement en voyant le papier qui vient de se coller au carreau juste derrière lui et que la lampe du salon éclaire.

« *Vous allez payer, meurtriers !* »

C'est écrit en lettres rouges.

— Ce n'est pas possible ! s'exclame-t-il effaré.

Moi, je suis complètement tétanisée.

— Ils nous ont retrouvées, je murmure.

20.

Je n'ai pas dormi de la nuit. Je suis rigide comme une statue. Ma sœur m'a rejointe depuis une heure et les enfants jouent sur le grand tapis. Je me sens complètement ailleurs.

Léobald a passé une bonne partie de la nuit à faire fuir les vandales autour de sa propriété à l'aide d'un domestique. Il m'a demandé de rester en sécurité. De toute manière, je n'aurais pas eu le cœur à le suivre. Je me sens très mal. J'ai tout fait pour séduire ce garçon et entrer dans sa famille, mais je n'aurais jamais osé si j'avais su comment les choses allaient tourner.

Lorsqu'il pénètre enfin dans le salon, la lumière du soleil révèle son visage cerné et fatigué. Il est usé. Quand nos regards se croisent, je sens qu'il n'a pas changé d'avis à mon sujet, mais il remarque immédiatement que quelque chose ne va pas de mon côté. Il n'a cependant pas le temps de s'avancer vers moi. Son portable sonne et, comme il s'agit d'un proche, il répond aussitôt.

Il s'éloigne pour parler tranquillement, mais j'entends au ton de sa voix que la conversation ne lui plaît pas. Il répond « *non* » à plusieurs reprises. À chacune d'elles, je me sens de plus en plus mal. Ma sœur tâche de veiller sur les enfants. Elle sait que des imbéciles ont bien retrouvé notre trace et ont tenté de nous impressionner cette nuit. Elle ne s'est pourtant pas prononcée sur le sujet. Pas encore. Je n'ai toutefois pas besoin de son avis pour prendre ma décision.

Lorsque Léobald revient, il est rouge.

— C'était ton oncle ? je demande.

Je n'ai pas parlé depuis des heures, ma voix en est presque enrouée.

— Oui, soupire Léobald.

— Il veut que nous partions, n'est-ce pas ?

Il secoue la tête.

— Mon oncle n'a pas à intervenir...

Je me lève d'un bond.

— Ton oncle a raison ! je m'exclame. Hermia et moi allons partir.

J'essaye de l'emmener un peu à l'écart, afin de ne pas inquiéter outre mesure les enfants.

— Mélia, je t'en prie..., me supplie Léobald. Je te l'ai dit, tout ça ne m'impressionne pas...

Il est triste et désemparé.

— Léo, cela ne concerne pas simplement toi et moi. Il y a ta famille. Tes frères et ta sœur sont en danger... Si les gens apprennent que nous sommes ensemble...

Je pose les mains sur mon front.

— Oh, je n'ose pas imaginer à quel point cela pourrait être néfaste à Arvel et Morgane ! Sans compter le danger !

— Mais quel danger ?

— Des types ont pénétré ta propriété cette nuit et placardé des menaces sur le manoir !

Léobald saisit mes mains.

— Mélia, je t'en prie, ne te cache pas derrière cette situation pour t'éloigner de moi. Je ne sais plus comment te dire à quel point je suis prêt à me battre pour nous deux. À quel point je t'aime.

— Moi, aussi, je t'aime, Léobald, je murmure cette fois, avec beaucoup plus de douceur.

Je saisis ses doigts et un vague sourire s'empare de mon visage.

— Tu es... juste incroyable, je t'aime... Et je t'aime assez pour te préserver.

— Elle a raison, intervient Hermia, qui s'est approchée sans même que nous l'entendions.

Son visage est triste. C'est la première à croire en notre histoire. Pourtant, elle s'est rangée à mon avis, car c'est ce qu'il y a de plus sensé.

— On doit partir et s'éloigner de vous pendant un moment, reprend-elle. Tes frères et ta sœur ne seront pas en sécurité tant que nous serons ici. Et même si ces menaces ne sont que des mots, ce n'est pas une ambiance propice à des enfants...

Léobald baisse les yeux.

Personnellement, même si mon cœur est déchiré, je me sens soulagée. Parce que je me sentais trop coupable de le mêler aux soucis de ma famille, ou devrais-je dire, d'amener sur sa réputation la boue ou même le sang qui contamine déjà la mienne.

— Où irez-vous ? Vous n'avez même pas de liquidités ! ajoute-t-il.

— J'ai une amie qui pourra nous loger, assure Hermia.

— Ici, je peux vous protéger. Là-bas, ces types qui vous menacent pourraient tout aussi bien vous trouver… et… Et j'ignore ce qu'ils feraient…

Je prends sa main même si je ne m'en sens plus digne.

— Tu n'as pas à me protéger, plus maintenant.

Je lui rends sa bague.

Il ouvre de grands yeux et m'observe avec horreur.

— Mélia, murmure-t-il.

— Je t'aime toujours et si tu le veux, on reprendra les choses où on les a laissées, si c'est possible. Mais je veux te libérer de ton engagement. Parce que la situation est trop horrible.

— Mélia ! Jamais je ne reprendrais cette bague !

Des larmes coulent sur mes joues. Cela fait mal mais c'est également bon. Un soulagement fort et ardent parce que franchement, je suis trop perdue pour savoir aimer en ce moment.

— On s'est vraiment fait souffrir toi et moi, je murmure en pleurant malgré moi.

— Je sais que je t'ai fait souffrir, si c'est pour me rendre la pareille, c'est réussi ! s'exclame-t-il les yeux rougis.

— Jamais je ne voudrais me venger de toi, Léo, je lui réponds aussitôt. Tu es une personne merveilleuse. Mais moi je ne le suis pas. Je suis perdue. J'ai tout perdu hier et je mets en danger mon fiancé et sa famille. Je ne suis plus en état d'être ta fiancée. J'ai besoin que tu acceptes ça.

Sur ce, je l'embrasse avec toute la force de mon amour, je pose la bague sur un guéridon et je fais immédiatement volte-face. Je sais qu'il me suit mais je n'ai aucune envie d'être rattrapée. J'entends ma sœur lui dire au revoir.

J'ai peut-être perdu Léobald pour toujours mais, pour le moment, je n'ai aucunement la force de jouer les fiancées. Je suis bien trop bouleversée. J'ai essayé mais la situation va beaucoup trop loin. Je m'en voudrais éternellement si je m'appuyais sur lui sans prendre en compte les conséquences sur son entourage.

***

Le soir même, Hermia et moi nous retrouvons sur un vieux canapé défraîchi et puant, censé nous tenir lieu de lit. En temps normal, j'aurais sûrement tempêté et refusé de m'installer sur cette horreur. Mais j'ai l'impression que quelque chose s'est brisé en moi. Je ne suis plus la Méliannile que j'étais.

Je pense que cela s'est produit quand mon père a hoché la tête. Un simple geste qui a fait s'écrouler mon monde.

Je suis songeuse. Je vois le visage de Léobald déformé par la tristesse et la colère quand j'ai déclaré forfait. Quand j'ai décidé de ne plus me battre pour notre relation. C'était, je pense, une des raisons pour lesquelles il était tombé amoureux de moi. Là où Emerise avait baissé les bras, je n'avais fait que me battre, jusqu'à lui offrir le bonheur, à défaut qu'il accepte mon cœur.

Je me revois en boucle poser la bague sur le guéridon, comme si c'était une autre qui avait fait ce geste horrible et tellement significatif. Je me revois mettre un terme à ce qui m'a rendue la plus heureuse au monde.

Ma sœur, qui doit songer à la même chose que moi, me questionne gentiment.

— Tu l'épouseras, n'est-ce pas, Mélia ? Quand tout cela sera fini...

— Tu crois vraiment que ça sera fini un jour ? je lui dis, presque absente, en observant la pluie tomber avec fracas contre la vitre de ce petit appartement miteux.

À la télévision, le coup d'éclat qui décime la noblesse en ce moment tourne en rond. Nous sommes tombés avec d'autres grands du royaume. Et être impliqués dans une histoire de trahison contre le roi, c'est être morts, ou pas loin de l'être. Ce genre d'histoire peuplait nos cauchemars d'enfants. C'est ainsi que l'on fait frissonner les petits au coin du feu à Eladwyne. Et nous sommes dans ce cauchemar désormais. Sauver Léobald de tout cela, et surtout les enfants dont il est responsable, c'était la chose la plus évidente à faire.

— On est innocentes, murmure Hermia d'une voix un peu faible.

Elle doit, elle aussi, réaliser qu'il sera très difficile de laver notre nom. De sauver nos existences. Tout va être différent, désormais. Il faut être enfin honnête.

— Ton histoire avec Léobald est magnifique, ajoute ma sœur. Tu as eu raison de t'éloigner pour protéger les enfants. Mais de là à rendre la bague... à tout remettre en question...

— Je n'avais pas le choix, je devais le libérer de moi.

Hermia se redresse et m'observe dans la semi-obscurité. Mes yeux sont gorgés de larmes et elle doit le voir.

— Il n'y a pas autre chose ? me demande-t-elle.

Je ne sais pas comment fait ma sœur. Elle voit même avant moi ce qui ne tourne pas rond au fond de ma tête.

Je pousse un long soupir, parce que je sais qu'elle attendra, jusqu'à ce que je mette des mots sur ce que je peine à réaliser moi-même.

— Et si c'était juste de l'euphorie ? je finis par lui dire. Léobald semblait ne pas m'aimer et du jour au lendemain, il m'a tout déclaré. Nous nous sommes aussitôt fiancés... C'était tellement beau. Trop beau pour être vrai, tu ne crois pas ?

— Il t'a peut-être aimée bien avant, mais il avait ses démons à combattre..., suggère Hermia.

J'inspire douloureusement en sentant mon cœur se gonfler d'une douleur nouvelle.

— Moi aussi, j'ai les miens...

Nos regards se croisent et je sens mon visage se crisper. Hermia ouvre ses bras et je me blottis contre elle. Elle sait. Elle est la mieux placée pour comprendre.

— J'avais confiance en papa, je murmure. Et il s'avère que c'est un criminel... Comment faire confiance à Léo qui a changé si vite d'opinion ?

— Léo n'est pas du tout comme papa, dit Hermia en me berçant légèrement. Et tu le sais très bien. Il t'a attirée parce que c'était son contraire. Papa est...

— Il est mort, je réponds avec dureté et tristesse.

Hermia ne répond plus, parce qu'elle s'est mise à pleurer.

Parce que oui, c'est un deuil que nous devons faire.

Comment réagir quand on réalise qu'on est la fille du méchant de l'histoire ?

L'avenir nous expliquera peut-être en partie, ce qui a pu pousser mon père à basculer dans le mal. Seulement, effectivement, une part de lui, s'est évanouie dans la nuit. Et ce deuil me bouffe. En allant chez Léobald, j'ai cru pouvoir ignorer cette souffrance. Mais c'est impossible. Je dois me réparer, au moins un peu, avant d'envisager de construire quoi que ce soit. J'espère seulement que, l'homme de ma vie, l'homme que j'ai aimé dès la première seconde, sera assez patient pour le comprendre. Assez fort pour le supporter. Assez grand pour me pardonner de lui avoir brisé le cœur. Assez clairvoyant pour continuer de m'aimer, même si j'ai cessé de me battre pour nous...

21.

Moi, Méliannile de Vilmont, travailler en tant que serveuse ? Je n'aurais jamais cru cela possible. Mais je ne suis plus Méliannile de Vilmont. Sur le papier, je suis désormais Mélia Marchand. Notre avocat a réussi à nous créer une nouvelle identité, pour nous protéger, Hermia et moi, des diverses attaques et du harcèlement que notre nom seul pouvait provoquer.

Il a réussi à faire débloquer une partie de nos comptes, mais la fortune familiale reste désormais scellée à cause du procès, qui promet de durer des années. D'autant qu'il s'agit en partie d'argent sale. Les Vilmont ont probablement fait bien plus que participer à cet attentat.

De mon côté, je ne veux plus de ce nom. Je ne veux plus de cet argent. Nous avons de quoi survivre avec Hermia et c'est l'important.

Plus question de dépenser sans compter, comme je le faisais. Ou de s'attrister d'avoir perdu sa place dans une école prestigieuse, comme c'était le cas d'Hermia. Nous devons travailler d'arrache-pied pour subsister. Et dans l'état d'épuisement où je suis, j'ai revu à la baisse mes prétentions pour les JO...

J'essaye de récupérer. De créer une autre version de moi.

Je n'ai pas eu de nouvelles de Léobald et cette douleur pourrait bien parfois me consumer de l'intérieur.

Il me manque terriblement. Chaque fois que j'ai voulu l'appeler, simplement pour entendre sa voix, la culpabilité m'a empêchée d'agir. Lui ouvrir à nouveau la porte, ce serait l'exposer aux millions de problèmes qui sont les miens. Et puis, il y a de la peur aussi. J'ai peur de le perdre. J'ai peur que lui aussi... me trahisse.

Nous avons été fiancés deux jours. J'aurais pu qualifier ces deux jours des meilleurs de ma vie s'il n'y avait pas eu l'arrestation. Mais ce n'est peut-être que du passé.

Je suis vannée lorsque la journée se termine enfin. J'ai appris le métier de serveuse sur le tas. J'ai dû ravaler mon caractère et mon regard hautain. L'avantage c'est que la situation a quelque peu éteint la flamme insoumise qui brûlait dans mes yeux. Je suis simplement une fille belle et froide, désormais.

— Tu n'as pas oublié le service en soirée, Mélia ? me demande la patronne du café où je travaille tandis que je range mon tablier.

— Non, bien sûr.

— Voici l'adresse et la tenue que tu porteras là-bas. Quelqu'un va te guider. Tu pourras te changer sur place.

J'accepte le paquet qu'elle me tend et lui fais un rapide signe de la tête. Cette soirée mondaine, dans laquelle je dois servir, est un extra qu'elle ne m'avait jamais proposé jusqu'alors. Elle a fait mon éloge auprès d'un de ses amis traiteurs et je ne pouvais pas refuser ce poste si bien payé.

Hermia et moi croulons sous les factures depuis que nous avons voulu quitter l'appartement de son amie pour emménager dans le nôtre. En plus, d'apprendre à travailler, nous avons dû apprendre à gérer un quotidien et des obligations qui nous étaient inconnus jusqu'alors. Je passe mon temps à me motiver en me disant que ce n'est rien d'autre qu'un défi sportif de plus.

Hermia, qui a toujours été très proche du personnel de notre villa, n'a pas eu beaucoup de mal à se faire à cette vie dont elle devinait déjà les rouages.

Hermia, ma sœur.

Je l'aime encore plus qu'avant car le monde a beau s'être écroulé autour de nous, elle est toujours là. Et elle donne le meilleur. Mais j'entends parfois que sa toux est anormale. Je vois qu'elle est épuisée. Avec sa santé, ce n'est pas la vie qu'elle devrait mener et cela me fait très mal.

Je suis obligée de prendre un taxi pour me rendre sur le lieu de ma mission, ce qui m'arrache littéralement le cœur étant donné l'état de mes finances.

Je trouve l'adresse indiquée dans une ruelle, sachant qu'il s'agit de la porte arrière d'un grand bâtiment. Évidemment, mon cœur bat la chamade car il se pourrait que des gens de la noblesse se trouvent là ce soir et qu'ils me reconnaissent. Toutes ces filles que j'ai raillées à l'école, tous ces cœurs que j'ai brisés, tous ces gens que j'ai méprisés en auront pour leurs frais. Et je ne devrai rien dire, pas plier, parce que je le fais pour Hermia, parce que je le fais pour survivre.

On m'indique une toute petite réserve pour me changer. Je me fige en découvrant la tenue que je suis censée porter. Ma patronne a dû faire une erreur. Le tissu bleu nuit brillant semble d'une qualité digne des tapis rouges. J'hésite et décide tout de même de me dévêtir en urgence pour passer le vêtement. Un vieux miroir, placé là comme par erreur entre deux cartons, me renvoie une image de moi que j'avais oubliée. Celle d'une déesse dans une longue robe scintillante. Je libère mes cheveux, noués en chignon ou en tresse la plupart du temps, pour les laisser cascader sur mon corps.

Les larmes viennent me brûler les yeux.

J'avais oublié cette sensation incroyable lorsque je porte une robe qui révèle toute la prestance de mon physique et l'éclat infini de mes prunelles sombres.

Mon visage manque de maquillage et ma peau d'avoir été soignée par de vraies crèmes au lieu de ces savons de centres commerciaux sur lesquels j'ai dû me rabattre.

Mais je suis belle.

Il y a même quelque chose de plus beau que jamais dans mon apparence. Ce côté fort, impérieux, de beauté ardente. Mais aussi cette fragilité dans la courbure de mes cils noirs et fournis, dans mes lèvres naturellement roses, dans mon teint mat et soyeux, dans cette masse de cheveux sauvages.

Même ainsi, sans préparation, cette robe de soirée longue et épaisse me fait ressembler à une mannequin.

Je ne comprends pas. Pourquoi désirer habiller une serveuse de la sorte ? M'a-t-on prise pour une escorte ? Quand bien même il y aurait erreur, je ne porterais pas quelque chose d'aussi sophistiqué et élégant, sans la moindre trace de vulgarité. À bien y songer, cette robe me rappelle celle de mes fiançailles. Elle est cependant plus foncée et dépourvue de traîne. Des brillants en constellent la matière. Quelque part, elle est peut-être plus belle. Elle ressemble à celle que je suis devenue. Une femme plus sombre, plus forte, et plus authentique que jamais.

— Il y a quelqu'un ? Pardon ? Je crois qu'il y a une erreur...

Personne aux alentours pour me répondre. Je soupire et traverse le couloir.

— Ah Mélia, je vous attendais, dit un homme devant la porte des cuisines où une armée en blouse blanche travaille d'arrache-pied. Venez, c'est par ici.

Le type a les yeux pétillants. Je n'y comprends plus rien.

— Vous avez un plateau que je puisse apporter aux invités ? je suggère en le suivant.

— Ne vous inquiétez pas, on vous expliquera tout là-bas.

Il désigne une large porte fermée.

— Allez-y. Vous êtes en retard !

Il se retourne. Mon anxiété prend le pas sur mon incompréhension. Je ne peux pas me permettre d'être en retard, en effet.

Je me hâte vers la porte mais je ralentis lorsque j'en suis toute proche. Je sens que quelque chose ne tourne pas rond. Et je me demande si des nobles n'auraient pas offert une somme pour se payer ma tête en société. Une soirée autour de la belle et déchue Méliannile de Vilmont. C'est tout à fait crédible.

J'enrage et je tremble en entendant la rumeur des voix derrière la porte. Ce ne peut être que cela. Un piège. Tout s'explique. Mais je ne vais pas fuir. Je ne vais pas reculer.

Je suis Méliannile de Vilmont c'est vrai. Et ni mes parents, ni personne, ne définit ce que je suis.

Je lève la tête et ouvre la porte.

Je me retrouve sur une estrade qui donne une vue imprenable sur une grande salle d'apparat, pleine de dorures, de tables couvertes de champagne et de victuailles. De nombreux serveurs traversent les lieux, empressés, discrets et habillés sobrement, comme j'aurais dû l'être. C'est une soirée remplie de personnalités importantes du royaume d'Eladwyne. Une grande partie de la noblesse semble même y être réunie. C'était exactement ce que je redoutais.

Je reste courageuse. Je sais que je suis puissante, belle, et que rien ne peut me démolir.

J'avance et je sens que quelques personnes m'ont remarquée.

J'entends mon nom en murmure, se répercuter en échos dans toute l'assemblée jusqu'à ce que, finalement, tous les regards convergent vers moi.

Je tremble. Toutes les émotions contenues de ces derniers mois, l'amour de Léobald, la trahison de mon père, la souffrance de ne pas pouvoir épargner ma sœur, tout cela vient comme écraser ma gorge.

Mais je suis là.

Mais j'avance.

Ils n'auront rien de ma tristesse.

Rien de ma peur.

Parce que je suis forte. Parce qu'au pire de ma souffrance, je suis au moins fière d'une chose, j'ai su protéger Léobald, ses frères et sa sœur. J'ai su les épargner. Je suis devenue quelqu'un de juste. Peu importe le reste. Peu importe le passé. Et je n'ai rien à voir avec mes parents.

Les gens froncent les sourcils et commentent mon arrivée entre eux.

Soudain, je le vois.

Léobald se trouve en plein milieu de la foule.

Il est là, rayonnant, ses cheveux blond brillant, et vêtu d'un magnifique costume blanc.

Le regard qu'il pose sur moi me provoque une avalanche de sentiments.

Ma mâchoire se verrouille instinctivement, afin de m'aider à bloquer toute émotion.

Le revoir me rappelle tout. Tout ce que j'ai perdu.

Je me rappelle notre amour, nos baisers, notre alchimie et notre confiance.

Il semble ému lui aussi, mais difficile d'analyser son visage.

Il ne paraît pas surpris de me voir là.

Toutefois, va-t-il lui aussi me maudire comme les autres ? Compte-t-il faire semblant qu'il n'a jamais eu de liens avec moi ? Ce serait le meilleur choix. Vu l'état de son costume somptueux, il a l'air d'avoir trouvé le moyen de s'en sortir. Peut-être a-t-il fait un bon mariage ? Peut-être a-t-il épousé Emerise...

Si c'est le cas, je préfère l'apprendre tout de suite. La voir le rejoindre et prendre son bras. Je quitterais la pièce dignement. Ensuite seulement, je m'écroulerais.

Oh, oui. Je hurlerais même. Je me mettrais à courir jusqu'à quitter le pays. Jusqu'à la France peut-être. Et peut-être aussi me laisserais-je mourir...

Toutes ces possibilités traversent mon esprit en m'aveuglant presque. M'empêchant de voir la réalité.

Or, la réalité, c'est que Léobald s'avance vers moi en fendant la foule avec une grande assurance.

Il gravit les trois marches qui permettent d'accéder à l'estrade en ne me quittant pas des yeux.

J'ai le cœur au bord des lèvres. Je crois bien que je pourrais m'écrouler.

Soudain, mon ex-fiancé s'arrête juste devant moi.

Pendant un instant, je me demande s'il ne va pas me gifler. Après tout, j'ai brisé son cœur, et afficher sa rancœur officiellement contre la famille Vilmont, pourrait le protéger.

Mais non, il pose un genou à terre.

Et une envie de pleurer incroyable me submerge. Je ne sais pas retenir mes larmes.

Tout mon monde vacille mais, cette fois, j'ai l'impression que ce sont des couleurs et du bonheur qui explosent autour de moi.

— Méliannile de Vilmont, dit Léobald d'une voix forte et claire. Veux-tu m'épouser ?

Et il ouvre une boîte où scintille la bague que je lui ai rendue il y a des mois.

Je suis figée. Tout autant que les centaines de nobles qui nous entourent. Les yeux de Léobald brillent d'une plus belle lumière que ce bijou. Ils me disent qu'il m'aime, qu'il n'a jamais cessé de m'aimer et qu'il a orchestré mon retour parmi la noblesse pour me prouver qu'il serait prêt à tout pour moi, pour me réhabiliter dans son monde, peu importe les conséquences.

— Oui, je réponds, comme si c'était une autre qui parlait.

Parce que c'est beaucoup trop fou, beaucoup trop peu réfléchi et beaucoup trop bon.

Le sourire qui se répand sur le visage de Léobald prouve à quel point il est soulagé, à quel point il avait peur que je le repousse.

Il lui a, en effet, fallu un courage stupéfiant pour oser mettre en œuvre ce spectacle sans savoir comment j'allais réagir. Mais il a compté sur mon amour. Il a compris. Compris que, même si j'avais cessé de me battre, cette part du combat lui revenait à lui.

Après tout, n'était-ce pas moi qui avais fourni tous les efforts dès notre rencontre ?

Derrière Léobald, je remarque soudainement dans la foule, Hermia, dans une jolie robe, accompagnée de Morgane, Arvel et Edan. Ma sœur est resplendissante, comme si elle avait déjà retrouvé sa place dans la société. Et surtout, parce qu'elle était complice de cette mascarade. Je lui souris, émue au possible.

Léobald met la bague à mon doigt délicatement. Ensuite, il jette la boîte par terre et me prend dans ses bras avec tendresse et force. Son baiser est un bonheur si grand qu'il me réveille.

Et tandis que je descends de l'estrade à ses côtés et me vois recevoir des dizaines de félicitations, je commence à angoisser. Je jette des regards désemparés à Léobald qui finit par m'attirer vers un balcon. L'air frais me confirme que tout ceci est réel, tout autant que la bague qui brille à nouveau à mon doigt. Pourtant, je m'en inquiète.

— Léo, je murmure, comment... ?

Il me coupe aussitôt, devinant l'objet de mes craintes.

— J'ai vendu le manoir.

— Quoi ? Tu veux dire... le grand manoir où tu vis, qui est dans ta famille depuis des générations ?

— Celui-là même, confirme-t-il avec un sourire satisfait. Cela m'a permis d'organiser cette surprise... Et puis, nous avons maintenant de quoi vivre sans avoir à craindre l'avenir.

Il semble très content de lui. Je suis sous le choc.

Je secoue la tête.

— Je ne méritais pas un tel sacrifice...

— Évidemment que si, Mélia, m'assure-t-il.

Son regard qui me réchauffe l'âme me rappelle ce que nous partageons. Comme si ces mois de séparation n'avaient été qu'une journée. Je retrouve notre complicité et notre amour indemnes.

Derrière nous, la soirée mondaine a repris son cours. Les gens nous laissent à nos retrouvailles et doivent sûrement faire des gorges chaudes de cette union surprenante.

— Et puis, si ça peut te rassurer, je ne l'ai pas fait que pour toi, ajoute Léobald. Ce manoir n'était franchement pas un lieu sain pour élever des enfants. Toute cette humidité... Ce domaine était un gouffre financier et un danger pour la santé de ma famille depuis bien trop longtemps...

Même si je ne peux le contredire, je suis prise d'une grande tristesse à l'idée qu'il ait perdu ce qui faisait son identité, son patrimoine et qui a offert une enfance si féérique à sa fratrie.

— Mélia, j'ai vendu le manoir à un collectionneur qui va le préserver en tant que bijou de notre patrimoine, me rassure-t-il. Et puis, qui sait, si toi et moi parvenons à refaire fortune un jour, peut-être pourrions-nous le récupérer ?

Je lève des yeux timides vers lui. À l'invitation de son regard pétillant, un sourire vient accaparer mon visage.

Il a raison, je sais qui je suis et ce dont je suis capable. Alors ensemble, nous pourrions déplacer des montagnes. Et même sans y parvenir, quelle importance, nous sommes réunis et je réalise que c'est tout ce que je souhaite !

— Pardonne-moi d'avoir mis plusieurs mois à organiser tout ça, reprend Léobald avec sérieux. Il a fallu trouver l'acheteur. Mais aujourd'hui, je suis libre. Je suis simplement locataire et...

Il prend une ample inspiration avant d'ajouter :

— J'aimerais que tu choisisses avec moi la maison dans laquelle nous vivrons avec les enfants et ta sœur.

Mes yeux s'étoilent de larmes de joie. Léobald conclut :

— On va se créer une nouvelle vie, rien qu'à nous, sans avoir à porter le poids de notre passé familial ! Qu'en dis-tu ?

Je suis prise d'un rire nerveux, de joie et de soulagement mêlés, tandis que les larmes coulent toutes seules.

Tant de fatigue, tant d'efforts, tant de peurs... Et aujourd'hui, tout semble possible.

Léobald attend patiemment ma réponse en glissant une main réconfortante dans mon dos.

— Cette idée me plaît beaucoup, j'avoue finalement, trop émue pour en dire plus.

Ravi, Léobald m'entoure de ses bras, et m'accorde un nouveau baiser heureux.

Lorsqu'il me relâche, il me demande :

— Ça te dit qu'on se fasse un restau avec ta sœur et les enfants ? Tu leur as beaucoup manqué !

Je me remets à rire, parce que tout cela me semble trop fou et trop beau. Puis, j'accepte d'un signe de tête en lui adressant un regard plein de bonheur, d'amour et de gentillesse...

Chère Lectrice (ou Lecteur),

J'ai le plaisir de te retrouver à la fin de cette douce parenthèse en espérant qu'elle a pu te divertir, t'aider à t'évader voire t'apaiser.

La gentillesse est pour moi une pure qualité qui apporte la joie. Elle n'est pas une facilité ou une pauvresse de caractère comme beaucoup semblent le penser.

Mais personne n'est simplement gentil. Nous avons tous besoin d'être nous-mêmes et d'être aimant, alors ce mot prend tout son sens !

Si tu as aimé cette histoire, n'hésite pas à venir m'en parler sur mes réseaux sociaux ou en me contactant sur mon site (ces informations sont à la page 209 de ce livre).

Tu peux également laisser un commentaire sur la page Amazon de ce livre, cela m'aiderait beaucoup !

Quoiqu'il en soit, je suis ravie d'avoir passé ce moment avec toi et je te souhaite le meilleur.

Chaleureusement,
June Cilgrino

Remerciements

Merci à toutes les personnes qui ont participé de près ou de loin à la création de ce roman. Je pense, bien sûr, à mes bêta-lectrices et à ma correctrice. Merci pour votre travail excellent et pour votre soutien.

Merci aussi à vous, lecteurs. Votre présence, pour certains de longue date, est toujours un cadeau inestimable.

Ce cadeau pour toi

Découvre l'univers futuriste et romantique
d'Imative grâce à cette nouvelle gratuite
disponible sur le site :

https://junecilgrino.fr/

<u>Synopsis</u> : *Dans un superbe monde futuriste, Ethiel est l'un des derniers humains. Il est las de vivre. Mais il y a cette fille... d'une rare délicatesse. Lorsque son groupe se fait sauvagement attaquer, Ethiel n'a qu'un but, il doit protéger cette jeune femme qui pourrait devenir la seule survivante de son espèce, il doit sauver Lisor !*

Disponible dans l'onglet « **Ebook en cadeau** » sur : https://junecilgrino.fr/

Site internet de l'auteur :
https://junecilgrino.fr

Page Facebook de l'auteur :
https://www.facebook.com/JuneCilgrino/

Instagram de l'auteur :
https://www.instagram.com/june_cilgrino/

Si j'étais Gentille

Numéro d'ISBN : 979-10-96516-11-7
Couverture : June Cilgrino

« Dépôt légal : Avril 2021 »
Mise à jour : Mars 2022

June Cilgrino